KB078040

서린의 검

Serin's Sword

김중완 장편 소설

FUSION FANTASTIC STORY

서린의 검 4

김중완 장편 소설

초판 1쇄 찍은 날 § 2014년 2월 24일
초판 1쇄 펴낸 날 § 2013년 3월 4일

지은이 § 김중완
펴낸이 § 서경석

편집부장 § 권태완
편집책임 § 정수경
디자인 § 신현아

펴낸곳 § 도서출판 청어람
등록번호 § 제1081-1-89호
등록일자 § 1999. 5. 31
어람번호 § 제1-1793호

주소 § 경기도 부천시 원미구 심곡2동 163-2 서경B/D 3F (우) 420-822
전화 § 032-656-4452팩스 § 032-656-4453
http://www.chungeoram.com
E-mail § chungeorambook@daum.net

ⓒ 김중완, 2013

ISBN 979-11-5881-901-1 04810
ISBN 978-89-251-3215-0 (세트)

※ 파본은 구입하신 서점에서 교환하여 드립니다.
※ 저자와 협의하여 인지를 붙이지 않습니다.
※ 이 책은 도서출판 청어람과 저작자의 계약에 의해 출판된 것이므로,
    무단 전재 및 유포 · 공유를 금합니다.

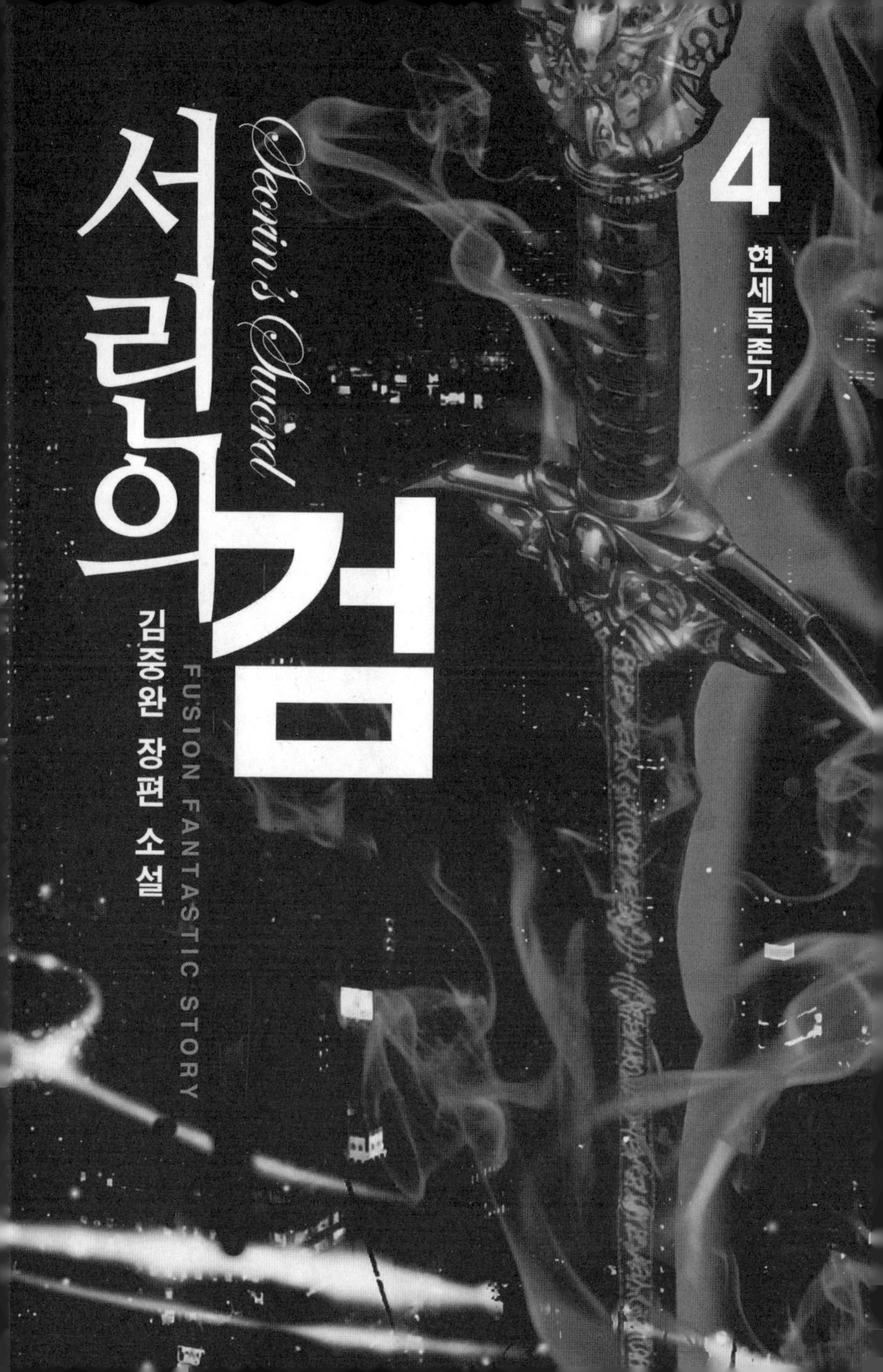
서린의 검
Serin's Sword
4
현세독존기
김중완 장편 소설
FUSION FANTASTIC STORY

CONTENTS

CHAPTER **01**
치우회의 오대봉공

Seorin's
Sword

한국 사회의 분위기상, 제아무리 대통령 일가라 해도 사사로이 전세기를 이용하기는 힘들었다.

자칫 구설수에 오르기라도 하면 국고를 낭비한다는 비난을 면키 어려운 탓이었다.

그렇다고 일반적인 항공권을 통해 출국할 수도 없는 노릇이었다.

영식의 출국은 가벼운 중국 여행 정도로 보고됐지만 숨은 내막이 따로 있었다.

강서린의 중국 출국 결정은 이런 문제로 인해 잠시 지간 박건욱을 고심하게 만들었으나 그는 오래지 않아 문제를 해결할 수 있었다.

바로 재벌 총수 일가의 전용기.

크게 부각된 적은 없으나 한국의 재벌 총수들은 대부분 전용기 하나쯤을 가지고 있었고 강서린은 그런 재벌 총수를 모친으로 두고 있었다.

전용기는 전세기보다 효율이 좋아서 언론에 알려질 염려도 없었다.

그러나 만반의 준비를 끝내고 출국을 앞둔 오전 나절. 박건욱은 갑작스레 불거진 또 다른 문제로 신경이 곤두서 있었다.

그는 흘금 손목시계를 살피며 중얼거렸다.

"차라리 다음으로 미루시면 좋을 텐데…… 오가는 시간을 제외하면…… 으음!"

새벽에 치우회의 급보를 전달받을 때만 해도 일이 이렇게 갑자기 진행될 줄은 전혀 예상치 못한 그였다.

자신의 명칭조차 숨길 만큼 은밀한 비밀결사가 치우회 아니던가?

제아무리 특별한 인물이라 해도 이렇게 쉽게 접근할 수 있는 단체가 아닌 것이다.

하물며 회와 자리를 주선하라는 도련님의 의중을 타진한

게 불과 며칠 전이었다.

관용차 옆에 서 있던 박건욱은 조금 전의 기억을 떠올리며 짧게 쓴웃음을 지었다.

"도련님의 성정상 오늘 당장 만나겠다고 하신 건 그렇다 쳐도 윗분들이 이를 받아들인 것은 참⋯⋯."

어쨌든 예정에도 없던 일정이 잡혀 버렸다.

그나마 다행이라면 지금 바로 움직일 경우, 약 1시간가량의 여유는 있었다.

"서둘러야겠어. 이러다가 윗분들과 도련님이 얼굴이라도 붉히는 날에는⋯⋯."

박건욱은 노심초사한 얼굴로 말끝을 흐렸다.

문제는 도련님의 엄명이었다.

마음 같아서야 당장이라도 들어가 도련님을 재촉하고 싶었지만, 앞서 누구도 저택 문을 열지 말라는 강서린의 완고한 의지가 있었다.

때문에 비서실장인 손지연마저 바깥에서 대기하는 중이었다.

한편, 강서린은 이런 박건욱의 우려에도 불구하고 오히려 느긋하게 누군가를 지켜보고 있었다.

약간의 시간을 흘려보낸 그는 살짝 이채 섞인 눈길로 입술을 달싹였다.

"끝나가는군."

그의 음성이 닿은 쪽에는 천악문의 직전 제자인 이재건이 가부좌를 튼 채 명상에 잠겨 있었다.

고요한 신색의 그는 대단히 평온해 보였지만 기실 그 체내에서는 주체하기 힘든 희열이 용솟음치고 있었다.

비유하자면 메마른 사막에 버려져 있다가 굵은 소나기를 맞는 기분이랄까?

초인적인 인내심으로 감정을 추스른 채 운기에 매진하던 이재건은 세 번의 대주천이 막 끝나는 시점에 이르러서야 긴 숨을 내쉬며 눈을 떴다.

"후우……."

"수고했소."

이재건은 뭔가에 홀린 것처럼 자신의 팔을 보다가 불현듯 귀에 닿은 묵직한 어조에 황급히 자리에서 일어났다.

그리고는 최대한의 공손함을 담아 넙죽 엎드렸다.

"은인, 말씀 편히 하십시오. 최소 일 년 동안은 은인의 곁에 머물러야 한다고 스승님께서 언질해 주셨습니다. 그러니 그저 수하 대하듯이 편하게 대해주십시오. 감당하기 어렵습니다."

"그러지."

강서린은 조금의 겸양이나 망설임도 없이 그의 진심을

받아들였다.

굳이 의도한 건 아니지만 약간의 수고로 이런 인재의 마음을 얻는 건, 그로서도 마다할 이유가 없었다.

"이름을 부르면 되나?"

"마땅치 않으시면 비류(批柳)라 불러주십시오. 스승님께서 버드나무 잎을 보고 창안하신 비류 장법이 사형제 중에 저와 가장 어울린다고 하여 문중에서 불리는 아호입니다."

"괜찮군. 그나저나 미안하게 됐어. 첫날부터 먼 길을 따라 나서게 하는군."

"별말씀을……. 오히려 저로 인해 은인께서 번거로우실까 봐 송구한 마음뿐입니다."

황망해하며 당혹 섞인 이재건의 어조에는 티끌만 한 가식도 섞여 있지 않았다.

자신보다 어린 연배의 상대였지만 그의 태도에는 적잖은 경외심마저 어려 있었다.

왜 아니 그렇겠는가?

그로서는 정말이지 새로 태어난 기분이었다.

심신에 활력이 넘쳤고 고질적이던 떨림 병도 씻은 듯이 사라졌다.

불치라 여겨졌던 십 년의 고통이었다.

묵묵히 참으려 했으나 두 번 다시는 날개를 펴지 못할 줄 알았다.

그런데 기막히게도 차 한 잔 마실 짧은 시간에 신묘한 타혈 수법으로 자신의 고질병을 없애준 사내.

더욱이 천하제일이라 믿었던 스승님을 일대일 비무로 굴복시킨 불가일세의 무인.

'아! 과연 세상은 넓구나. 그래도 이런 분이 또 존재할 수 있을까? 어쩌면 나는 과거와 미래를 통틀어 가장 대단한 인물과 마주하고 있을지도 모르겠구나.'

이재건은 속에서 복받치는 탄성을 힘겹게 삼켜야만 했다.

"가지."

한마디 툭 던진 강서린은 그런 이재건의 경이에 찬 눈빛을 대수롭지 않다는 듯이 무시하며 돌아섰다.

지극히 그다운 태도에 불과했지만 이재건의 입장에서는 일절 공치사 없는 모습으로 비춰졌기에 재차 탄복할 수밖에 없었다.

'참으로 사내대장부가 아닌가? 나이 따위는 저분께 조금의 흠도 되지 않는구나.'

한 번 마음이 기울면 뭐든지 좋게만 보인다고, 지금 이재건의 심정이 그러했다.

                    *   *   *

  전통의 재력가, 의기 있는 정치인들, 그리고 재야인사들
로 이루어진 한민족의 비밀결사 치우회.

  그 역사는 수백 년 전, 패망한 고려왕조의 시대까지 거슬
러 올라갈 만큼 유구한 뿌리를 가지고 있었다.

  이성계의 위화도 회군과 함께 국운이 기울자 망국의 한
을 품은 자들은 피눈물을 흘리며 음지로 모여들었고 세월
이 흐름에 따라 깊고 질긴 뿌리를 형성해 왔다.

  조선 왕조의 핍박에도 불구하고 잘라도 다시 자라는 넝
쿨처럼 꿋꿋이 그 맥을 이어오던 그들은 근 현대에 이르러
민족의 군신인 치우의 이름을 걸고 하나의 세를 형성하기
에 이르렀다.

  고급 세단답게 미끄러지듯이 도로를 달리는 넓은 승용차
내부.

  박건욱은 강서린에게 그 같은 치우회의 역사와 성격에
대해 매우 신중한 설명을 하고 있었다.

  "도련님, 엄밀히 따져 저는 치우회 소속이 아니라 천악문
을 대표하여 협조하는 위치입니다. 그래서 사실 말할 입장
은 못 되지만……."

  잠시 말끝을 흐린 그는 백미러를 통해 뒷좌석에 앉아 있

는 강서린을 살폈다.

조금은 권태로워 보이는 자세.

반개한 눈으로 바깥 풍경을 보고 있는 도련님의 분위기란 어떤 이야기를 한다고 해도 반응을 보일 것 같지 않았다.

박건욱은 한숨이 솟구쳐 올랐다.

'후우, 어쩐다?'

앞선 설명은 부족한 시간 탓에 치우회에 대한 기본 지식을 열거한 정도에 불과했다면 이제부터 하려는 말은 대단한 기밀에 해당하는 내용이었다.

조금 고심하는 눈빛을 하던 박건욱은 이윽고 헛기침을 하며 다시 말했다.

"큼, 사실 출발하기 직전에 회에서 연락을 받았습니다. 도련님을 그분들께 안내하라는 지시였습니다. 도련님은 단순히 치우회의 간부들과 대면하시는 게 아닙니다."

"그분들?"

강서린의 입에서 처음으로 나직한 반문이 흘러나왔다.

"선릉원(仙陵院)이란 곳에 계시는 다섯 분의 장로님입니다. 회주라고 해도 선릉원의 결정에는 불복할 수 없을 만큼 절대적인 권위를 가진 치우회의 최고 의결기구입니다."

대통령 일가의 경호를 맡길 만큼 신뢰할 수 있는 능력,

그리고 한반도 대표 무맥(武脈)인 천악문의 직전 제자라는 배경이 있기에 박건욱은 선릉원이란 존재를 알고 있는 몇 안 되는 외부 인사였다.

하지만 그렇기에 자신이 언급하면서도 이해하기 어렵다는 기색을 감추지 못하는 것이다.

"선릉원에 외부인이 들었다는 말은 들어본 적이 없습니다. 저 역시 도련님을 그 다섯 장로님께 안내하게 될 줄은 꿈에도 예상하지 못했습니다."

"그런가? 그렇다면 원하는 게 있다는 말이겠지."

"도련님을 어찌 알고…… 으음!"

박건욱은 부지불식 무릎에 힘을 주고 신음성을 내뱉었다.

건조한 어조로 중얼거리듯 말하는 강서린의 음성에서 불현듯 번개처럼 깨달아지는 점이 있었다.

그가 대통령 영식이자 코어의 소유자일지도 모른다는 신분. 그러나 그 이면에 자리한 최강자란 타이틀.

제아무리 세계 속의 치우회가 작다고 해도 일국을 대표하는 비밀 결사체로서 지금쯤 그런 사실을 알아냈다고 해도 이상할 게 없었다.

'그렇다면 말이 된다. 실장님께 들은 도련님에 대한 내용이 십분의 일만 사실이라고 해도 선릉원이 직접 나서는 게

당연할 테니까.'

여기까지 생각한 박건욱은 자신도 모르게 침을 꿀꺽 삼켰다.

그가 보는 관점의 강서린은 이글이글 타오르는 태양이었다.

강렬한 빛을 품었지만 주제를 모르고 접근하는 것들은 그게 무엇이든 태워 버리는 작열의 존재!

지금 박건욱의 눈에는 두 가지 미래가 자신도 모르게 교차되고 있었다.

최강자의 후광을 등에 업고 크게 도약하는 치우회와 손지연에게 들었던 대로 그의 손에 박살 나버린 조직체들의 사라진 미래가……

잠시 경직돼 있던 그는 손등을 꾹 누르며 스스로를 안심시켰다.

'후우, 괜찮겠지. 다행히 경륜 높으신 장로님들께서 직접 대면을 하신다고 하시니.'

*　　　*　　　*

오솔길처럼 좁은 계곡의 입구 앞으로 고급스런 정장 차림을 한 중년의 남자가 뒷짐을 진 채 서 있다.

스프레이를 잔뜩 뿌린 것 같은 올백 머리와 마른 체격, 오래전에 유행했던 금테 안경은 80년대에 유행했을 법한 회사원 같은 인상을 풍겨냈다.

한참이나 우두커니 서 있던 그는 문득 어딘가를 향해 입술을 달싹였다.

"악이는 어디쯤 왔느냐?"

그러자 좌측의 암석 지대에서 절도 어린 몸짓의 한 사람이 튀어나오더니 곧장 허리를 숙이며 대답했다.

"차좌께서는 회주님과 비슷한 시간에 치악산에 들어오셨습니다. 다만 멀미가 있다고 하셔서 유원지에 있는 휴게실에서 잠시 쉬고 계시다는 전갈입니다."

그러자 차갑게 느껴질 만큼 표정이 없던 중년 남자의 안면에 못마땅한 기색이 떠올랐다.

"철딱서니 없는 녀석 같으니라고. 녀석에게 쓸데없는 짓하지 말고 곧장 이곳으로 오라고 이르거라."

"충!"

"쯧쯧……."

혀를 차는 모습이 연배와 어울리지 않는 노회함을 보였으나, 실제 중년 남자는 환갑의 나이에도 불구하고 웅후한 내력으로 인해 사십 대의 신체를 소유한 절정의 내가 고수였다.

또한 그는 이 땅, 한반도에서 누구도 두려워하지 않을 만큼 대단한 신분의 주인이기도 했다.

한반도의 막후를 지배한다는 치우회의 회주.

이런 신분을 가진 이중휘는 회주 자리에 오른 15년의 세월 동안 치우회의 조직 체계를 일약 현대적으로 발전시켰다는 평가를 받고 있었다.

그러나 근례에 들어, 회주인 그의 행보가 이런 평가와는 상반된 협소함으로 일관되면서 조금씩 내부의 불만이 커지고 있었다.

그러나 그는 여론 따위에 휘둘리는 표면적 권력자들과는 차원이 다른 막후 조직의 수장. 내부의 불만 따위에 흔들릴 정도로 나약한 존재가 아니었다.

그러나 이 같은 절대자의 위치로도 함부로 범해선 안 될 영역이 딱 하나 있었다.

계곡을 가로지르는 오솔길 뒤편으로 세상에 알려지지 않은 심중 비처가 숨어 있다.

그곳을 향한 이중휘의 두 눈에는 어느새 서릿발 같은 빛이 뿜어 나오고 있었다.

'내 뒤를 이을 후계자는 오직 악이뿐이다. 녀석의 천재적인 재능과 이 나의 핏줄이란 사실이 그렇게 만들 테니까.'

그는 자신의 모든 것을 걸고서라도 반드시 수제자인 이 산악을 차기 회주로 만들 심산이었다.

문제는 치우회의 권력체계는 사승 관계가 아니라는 점이었다. 특히 회주의 자리는 오직 선룡원만이 결정할 수 있었다.

다시 말해 자신의 제자를 차기 회주로 밀어줄 수는 있지만 그 이상은 분명한 월권이었다.

그러나 이중휘의 결심은 그 정도가 아니었다.

그는 젊은 시절 수행을 하던 도중, 갑작스레 찾아온 심마를 이기지 못하고 등산을 하던 한 여인의 몸을 범한 적이 있었다.

여인은 만신창이가 됐고 그는 죄책감과 두려움에 몸을 떨며 산으로 도망쳤다.

그로부터 10여 년 후.

모든 수행을 완벽하게 마친 이중휘는 치우회의 회주로서 세상에 나왔고 마치 신의 장난처럼 자신이 범했던 여인을 마주쳤다.

또한 여인이 낳은 아들까지……

아이를 보는 순간, 이중휘는 혈맥이 부글거릴 정도의 충격을 느끼며 확신할 수 있었다.

저 아이가 자신의 핏줄이란 사실을!

뿐만 아니라 더욱 놀랍고 신묘한 감정에 휩싸여야 했다.

심마 상태로 범하면서 쏟아낸 공력 탓인지 건강했던 여인은 피골이 상접되어 있었다.

반면, 그녀의 아들은 놀라울 정도로 대단한 근골과 비상한 신체 발단, 뛰어난 두뇌를 타고난 아이였다.

이중휘는 크나큰 희열에 몸을 떨었다.

그가 선릉원의 눈에 들어 치우회의 회주가 될 수 있던 가장 큰 이유는 탁월한 기감을 타고났기 때문이었다.

그러나 반대로 그의 근골이나 신체적 조건은 평균 이하를 밑돌았다.

때문에 아무리 노력해도 절세 무인의 반열에는 들 수 없었다.

비하한다면 고작해야 선릉원의 기운을 대신 전수하는 중도자 역할에만 머물 뿐이었다.

이런 사실에 크나큰 자격지심을 갖고 있던 이중휘는 자신의 아들 이산악의 탄생과 만남을 필연보다 더한 하늘의 뜻이라 여겼고 스스로 보이지 않는 손이 되어 온갖 지원을 아끼지 않았다.

그로부터 다시 15년.

이제 모든 준비는 갖춰졌다. 치우회의 힘, 그중에서도 가

장 핵심인 여덟 고수를 수족처럼 움직일 수 있게 됐고 그에
합당한 규모도 일구었다. 무엇보다 아들 이산악의 성장은
기대 이상이었다.

서른도 안 된 나이에 이미 이산악은 치우회 내에서도 세
손가락 안에 드는 강력한 무위를 자랑했다.

또한 친화력도 대단해서 굳이 다른 손을 쓰지 않아도 이
산악의 후계 구도는 확실시되는 와중이었다.

문제는 선릉원.

제아무리 회주가 밀어준다고 해도 치우회의 회주를 선택
할 권한은 선릉원에 있었다.

선릉원은 그로서도 어찌할 수 없는 곳.

때문에 만전을 기하며 어떤 누구도 선릉원의 눈에 들지
못하도록 만들었다.

심지어는 뛰어난 재능을 높이 사 아들의 여자로 삼으려
고 했던 백석그룹 회장의 손녀딸도 내쳤다.

아들의 옆에 두기에는 드러난 재능이 너무 출중해 선릉
원의 눈에 띌지도 모른다는 게 그 이유였다.

이로 인해 그는 백석 그룹이라는 지지세력 하나를 잃어
버렸으며 중국 오련맹에게 빌비를 주었고 내부의 불만을
샀으나 눈 하나 깜짝하지 않았다.

백석 그룹을 포함한 오련맹의 세작들은 천천히 밟아주면

그만이었다.

오히려 이 일을 계기로 거대 그룹의 자본력을 수중에 넣고 오련맹을 몰아낸다면 치우회의 위상은 물론 그의 입지를 키우는 계기가 될 것이다.

그런데?

이중휘는 실로 솟구치는 살심을 억누르기 힘들었다.

'어디서 망둥이 같은 놈이 튀어나와서!'

신임 대통령의 아들이 범상치 않다는, 원령지체일지도 모른다는 전갈을 받을 때만 해도 또 다른 호재로 받아들인 그였다.

원령지체의 진정한 가치는 타인에게 자신의 힘을 전가할 수 있다는 점에 있지 않던가?

반세기 전이라면 몰라도 현 시점에 나타난 원령지체는 이미 확고한 세력을 구축한 막후 정세에 그리 위협적인 존재가 아닌 것이다.

다시 말해, 회와 아들의 앞날에 도움이 되는 전략 병기 역할을 할 수는 있겠지만, 아들의 경쟁 상대가 될 수는 없는 존재였다.

그런데…… 그런데!

바드득, 하고 이중휘의 이빨이 맞물렸다.

'진혈도 아닌 녀석이 제아무리 원령지체라고 해도 그렇

게 강할 수는 없는 법!

원령지체의 진실 여부를 떠나 그 나이에 한반도 최강의 무예문파인 천악문의 정예를 단신으로 격파할 만큼 강하다면 얘기가 달라진다.

게다가 현 대통령의 아들이라는 신분.

앞뒤가 맞지 않았다. 뭔가 야료가 있는 게 분명했다. 절대적으로 말이 되지 않는 상황이었다.

따지고 또 따져 내린 결론은…….

으득!

'녀석은 진혈이 분명해. 그것도 선룽원에서 비밀리에 키운 다음 대의 회주겠지.'

막후 세계에는 진혈이란 개념이 존재했다.

진혈(眞血)이 무엇인가?

약 일백 년 전, 싱크로니시티라 불리는 대변혁으로 인해 '능력자'의 시대에 종말이 다가오며 당시의 초인들이 탄생시킨 번외자(番外者)를 지칭하는 개념이다.

하늘의 선택을 받았다는 원령지체보다는 못해도 능히 신인류라 자청해도 부족하지 않을 '힘'의 계승자가 이 진혈의 족속이었다.

그런 진혈의 대표적인 특성은 상고의 힘을 받아들임으로써 빠른 속도로 강력한 힘을 보유한다는 점에 있었다.

하지만 이 진혈의 수는 극도로 한정적이었다.

동양권에 알려진 진혈의 숫자라고 해봤자 수십억 인구를 통틀어 고작 이백여 명.

서양권에 알려진 진혈의 숫자는 오히려 그보다 적었다. 많이 잡아야 백 명 남짓.

물론 치우회의 회주인 그로서도 모르는 진혈은 분명히 존재할 터였다. 그러나 상대는 한국의 신임 대통령이 낳은 아들이 아닌가!

강서린이란 자가 대통령의 친자란 사실은 의심할 여지없이 완벽하게 확인한 다음이었다.

'선릉원의 늙은이들이 내 뒤통수를 친 게 아니면 도무지 말이 되지 않는다.'

이중휘는 다시 한 번 강한 확신을 내렸다.

진혈에 대해 알고 있는 자라면 누구라도 그의 이런 생각에 고개를 끄덕일 것이다.

진혈이란 말 그대로 피로써 승계되는 특권계층이었다.

일세기 전, 유럽의 순혈주의가 팽창하게 된 강력한 원인이 바로 이 진혈에 있었다.

그나마 동방에는 다른 방식의 진혈이 이어져 오고 있었다.

터무니없이 들리기도 하지만 중원인의 경우, 선조의 땅

에서 무공을 수련하면 흡기의 공능이 배가 된다고 한다.

그러나 아무나 가능한 방법이 아니었다.

무슨 연유에서인지 피로써 이어진 혈족만이 가능하다는 게 정설이었다.

그게 아니라면 진즉에 중국 땅은 세계 조직들의 전쟁터로 돌변했을 것이다.

이 밖에 일본 등 몇몇 강대국에서는 좀 더 다른 부류의 진혈이 이어져 오고 있으나, 그 성격은 모두 대동소이했다.

최소한 피와 연관되어 있다는 점.

그래서 진혈인 것이고 신인류를 자청하는 것이다.

예외가 있다면 오직 하나.

이중휘가 알기로는 바로 자신들뿐, 치우회의 여덟 진혈이었다.

이중휘 자신을 포함한 총 여덟 명의 진혈은 핏줄과는 상관 없이 힘을 전수받은 존재였다.

이중휘는 잠시 심계를 멈추고 서서히 손바닥에 기운을 모았다.

좌르륵!

낙엽이 그의 손을 타고 올라왔다. 누가 봐도 눈이 휘둥그레질 만한 신기였다. 이를 가능케 한 것은 일갑자를 상회하는 막강한 내공.

이중휘는 꿈틀거리는 내공을 느끼며 서서히 뇌까렸다.

'악이가 마지막 전수자라고 했으면서 후계자를 따로 키우셨다? 으흐흐…….'

치우회의 근본인 선릉원에 대한 예우와 자신을 키워줬단 사실에 최소한의 선을 지키던 그였다.

하지만 대통령의 아들, 강서린이란 존재의 등장은 그로 하여금 배신감이 어우러진 증오심을 갖도록 만들었다.

'스승님들, 그러지 마셔야 했습니다. 이 제자가 절대로 가만있지 않을 테니까요.'

이중휘는 이런 심중을 조용히 속으로만 억눌렀다. 아직은 때가 아니었다.

그는 모든 면에서 진혈처럼 강하고 그 힘으로 타인 또한 강하게 만들 수 있는 존재였지만 진정한 의미에서의 진혈이라고 보기는 어려웠다.

진정한 진혈로 군림하려면 선릉원에 잠자고 있는 신외(神外)의 신비를 자신의 것으로 만들어야 했다.

그러나 이것은 차후의 문제. 당면한 상황부터 풀어야 했다.

이중휘의 얄팍한 눈매가 차갑게 번뜩이며 올라갔다. 그리고 굳게 물려 있던 입술이 진득한 살기를 흘리며 벌어졌다.

"선룽원에 들어가 놈의 신분이 공인되면 함부로 손을 쓸 수 없겠지. 허나, 지금은 어떨까? 손님을 가장한 첩자나 살수로 오해했다고 하면 명분은 내게 있거늘. 최소한 두 발로 서지 못하도록 만들어주마."

*　　　*　　　*

역동적인 현대 사회에서 잘나가던 기업이나 그룹이 급작스레 무너지는 것은 흔하다면 흔한 일이었다.

그러나 아무리 흔한 일이라고 해도 원인이 있는 법이었고 누구든 원인을 들으면 납득을 하게 마련이었다.

무너진 자본력, 막강한 경쟁 상대 등등…….

하지만 일성 그룹은 좀 더 먼 미래면 몰라도 이런 문제 때문에 당장 무너질 만큼 허술한 그룹이 아니었다.

가지고 있는 금력과 권력으로 웬만한 문제는 없앨 수 있을 만큼 승승장구하는 기업인 것이다.

그런데 이상하리만치 묘한 기류를 타고 일성 그룹의 세가 꺾이기 시작했다.

작게는 유동성을 위한 기업 어음 대출 절차가 까다로워졌고 협력으로 커나가던 여러 그룹의 우호적인 태도 또한 퉁명스럽게 바뀌고 있었다.

물론 아직까지 그룹 운영에 무리가 갈 정도로 안 좋은 상황이나 문제가 닥친 건 아니었다.

　때문에 일성 그룹의 상태는 겉으로 보기에는 얼마 전과 전혀 다를 게 없었다.

　"그 일로 우리 그룹의 사정이 어려워지고 있다!"

　일성 그룹의 회장인 김만석은 큰 목소리를 내며 주먹으로 탁자를 내리쳤다.

　쾅!

　두툼한 김만석 회장의 턱살이 푸르르 떨리며 재차 진동했다.

　"그 일이 소문나는 바람에 다른 그룹들이 우리 일성을 무시하고 있단 말이다!"

　"아, 아버지, 대통령이 잘 넘어갔는데……."

　"에라이! 세무 조사는 면했지만 다른 작자들이 눈치를 안 보겠느냐? 생각 좀 하라고 내 몇 번을 말해!"

　총수 일가의 둘째인 김태호는 아버지의 발작적인 고함에 탈색된 안색으로 고개를 숙였다.

　그의 옆에는 이번 사건의 계기가 된 셋째 김태수가 마른침을 삼키며 굳어 있었다.

　김만석은 바짝 긴장한 두 아들을 한참이나 노려보다가 크게 한숨을 내쉬며 말했다.

"후우, 그래도 죽으란 법은 없는지 뉴욕에서 가장 큰 투자사인 워런 테슬러에서 투자 제의가 들어왔다."

아버지의 노기가 좀 가시는 것 같자 김태호가 조금 진정된 얼굴로 고개를 들며 말을 받았다.

"실수 없이 잘 끝내고 오겠습니다. 저야 미국 경협 회원이니 그쪽에서도 어느 정도 인정을 해줄 테고요."

"흠! 그걸 믿고 너를 같이 보내는 게야. 그쪽에서는 우리의 주류 유통을 견학하고 싶어 하지. 우리 일성의 유통망을 키워 미국산 맥주를 팔아먹을 욕심인 게다. 미국 맥주로 무슨 짓을 하든 우리야 이익이나 보면 되니 상관은 없다. 하지만 그러려면 너보다 태수 네가 잘해줘야 한다. 이럴 줄 알았으면 좀 더 있다가 물려줄 것을…… 끄응!"

김만석은 잠시 불안한 듯 얼굴을 굳혔지만 노련한 사업가답게 이내 분위기를 달리하며 말했다.

"경협 회원인 네 둘째 형이 미국에서 살다온 경험을 살려서 너를 도와줄 테니 이번 투자를 반드시 받아내어라."

그래도 막내라고 최대한 부드럽게 말하는 김만석이었다. 김태수는 그런 아버지의 배려를 느꼈는지 긴장을 푸는 얼굴로 대답했다.

"보란 듯이 성공해서 저번 실수를 만회하도록 할게요."

"암, 그래야지. 이제야 우리 막내답구나."

이른 시간이지만 아버지와 독대한 두 아들은 그렇게 마지막 당부를 받으며 일성 실업 본사가 있는 인천으로 움직였다.

같은 시각.

인천 국제공항의 전세기 활주로를 타고 테슬러라는 영문자가 새겨진 소형 여객기가 착륙하고 있었다.

오래지 않아 탑승 계단차가 여객기 앞에 도착했고 철문이 열리며 일단의 백인들이 튀어나왔다.

이들은 마치 교주를 배알하는 신도처럼 계단 아래 도열한 체 경건한 몸짓으로 누군가를 기다렸다.

번쩍이는 햇살 아래 천천히 모습을 드러내는 인영.

구릿빛 피부와 근육질 몸매, 잘생긴 외모는 물론이고 사자의 갈기 같은 머리칼까지…….

멋들어진 백인 남자가 여객기에서 나온다.

그러나 그 역시도 여객기의 주인은 아닌 듯 대단히 공손한 자세로 누군가를 기다리는 모양새를 취했다.

그렇게 잠시 후 등장한 또 한 사람.

아름다운 외모를 가진 젊은 스튜어디스를 한쪽에 끼고 건들거리며 걸어 나오는 그는 지극히 평범한 체구와 인상을 가진 젊은 남자였다.

또한 누가 봐도 고개를 갸웃거릴 만큼 완벽한 동양인.

"하하! 역시 공기는 한국이 좋구나. 좋아."

그는 쏟아지는 햇볕을 느끼며 잠시 조국으로의 귀환을 만끽했다. 하지만 이런 상쾌함도 잠시.

느물거리며 끓어오르는 감정이란, 어린아이의 치기와도 닮아 있다.

'내가 생각한 복수지만 참 서민적이란 말이야. 그래도 재미는 있겠어. 후후!'

강천하는 그제야 자신이 오늘을 기대해 왔다는 사실을 깨달았다.

참으로 우습지 않은가? 그는 나약한 인간들 따위야 손가락 하나로도 죽음의 강에 던져 버릴 수 있는 존재.

그러나 민망한 감정 따위는 전혀 일지 않았다.

설령 어린아이 같은 치기라도 해도 상대에게는 죽음보다 더 큰 절망으로 변해 버릴 테니까.

강천하는 vip 복도를 통해 공항을 빠져나가며 점차 익숙해지는 풍경에 느긋한 감상을 떠올렸다.

'3개월이라……. 예상했던 것 치고는 만족할 만한 성과를 얻었어.'

뮤턴트로 되살린 리처드 버디는 그가 생각했던 그 이상의 활약을 보여줬다.

자아를 유지한다는 점이 결정적이긴 했으나, 망자의 한이 깊은 만큼 되살아난 리처드 버디의 복수심은 활화산 그 자체였다.

그럴수록 복수를 돕는 주인을 향한 자아의 충성심 역시 확고하게 굳어졌다.

이제는 정신적인 맹약이 아니라고 해도 리처드 버디의 충성은 절대적인 수치에 달해 있었다.

또 부수적으로 본래 마피아인 리처드 버디가 뉴욕 거대 마피아 파벌 중 하나인 브레이든 패밀리에게 복수를 실행함으로써 결국 뉴욕의 뒷골목은 강천하의 손아귀에 떨어졌다.

그것도 단시일 안에!

당연한 일이었다.

리처드 버디의 설득에 넘어간 하류 인생들은 약간의 힘을 얻는 대가로 자신의 생명력을 내놨지만, 그 약간의 힘으로도 마피아 따위는 충분히 요리할 만큼 강한 존재가 되었다.

뉴욕의 하류 인생들을 모아 부활한 리처드 버디의 조직은 무서운 속도로 전쟁을 벌였고 암중의 흑막인 강천하의 힘을 빌려 불과 3개월 만에 복수를 완료한 것이다.

물론 미국 최대의 금융 도시답게 뉴욕의 치안이 워낙 튼튼해서 마피아가 다른 곳의 절반도 안 되는 수준이란 점도 한몫했다.

미국 전체를 놓고 보면 뉴욕을 통일했다고 해도 간신히 십위권이나 오락가락하는 수준.

그만큼 오래되고 거대한 마피아가 즐비한 땅이 미국이었다.

하지만 그렇다고 해도 혼자서 뉴욕 주의 뒷골목을 좌지우지하게 됐으니 강천하의 신분은 과거와는 천양 차이였다.

투자사 워렌 테슬러도 그중 하나였다.

본래는 뉴욕을 삼등분하던 세 개의 마피아 조직이 연합 형식으로 운영하던 투자사였지만 조직이 와해되고 흡수되며 자연스럽게 강천하의 수중에 넘어왔다.

뉴욕의 삼대 마피아가 자신들의 자본을 불리기 위해 심혈을 기울여 키운 만큼, 워렌 테슬러의 규모는 상당했다.

운용 가능한 투자금만 보면 웬만한 기업은 뿌리까지 인수해도 무리가 없을 지경.

그런 워렌 테슬러의 최대 주주로서 강천하가 향하는 곳은 공항에서 멀지 않은 인천의 도심 공단.

오래지 않아 그를 태운 승용 세단이 일성 실업이라고 쓰여 있는 커다란 간판 밑을 지나고 있었다.

CHAPTER **02**
밝혀지는 존재

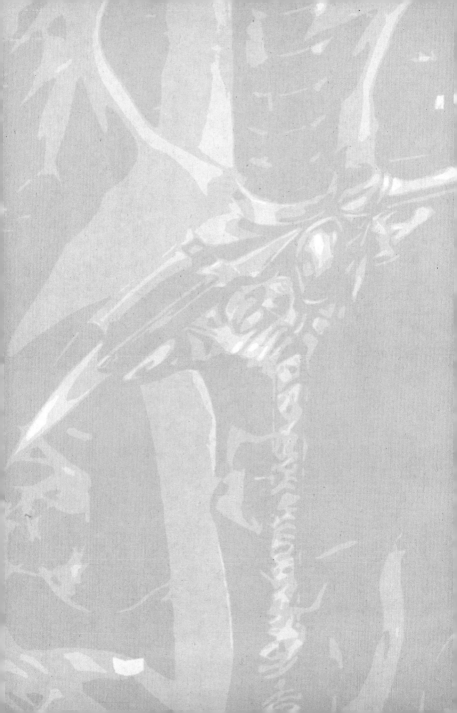

　"도련님, 출국 시간은 딱 2시간 뒤입니다. 최소한 1시간 전까지는 돌아오셔야 합니다."

　박건욱이 시계를 보며 당부의 말을 했다. 그러자 강서린은 슬쩍 고개를 끄덕이며 상체를 돌렸다.

　"그러지."

　"으음……."

　작은 침성이 박건욱의 입에서 새어 나왔다.

　원칙대로라면 말도 안 되는 상황이었다.

　특급 경호대상인 영식의 곁에 경호원 한 명 붙이지 않았다는 걸 청와대에서 알게 되면 징계로 끝날 문제가 아니었다.

'후우, 이래도 되나 모르겠군.'

회에서 사람이 내려오는 건 예상하고 있었다. 선릉원은 극비 중에 극비였다.

그 위치를 외부 협조자에 불과한 자신에게 누출할 리가 없는 것이다.

그래도 막상 강서린만 보내려고 하니 차마 눈길이 떨어지지 않는 그였다.

'도련님의 안위 때문이 아니다. 그저 큰 문제없이 이 만남이 잘 끝나길 기도하는 수밖에……'

이런 박건욱의 기도가 통했는지 강서린은 의외의 상황이 불거졌음에도 바깥 풍경을 보느라 별다른 관심을 두지 않았다.

그를 태운 차가 한 5분쯤 달렸을까?

치악산 초입에서 산으로 뻗은 비탈진 도로를 올라가기 직전, 느닷없이 한 명의 남자가 차 앞으로 뛰어들어 왔다.

차는 조금 가파르게 멈춰 섰지만 별다른 충돌은 없었다. 재미있는 건 그다음에 벌어진 상황이었다.

"와하하! 미안, 미안. 놀랐냐?"

차 옆으로 불쑥 걸어오며 큰 소리로 웃는 사내가 마치 친구를 만난 듯 장난기 섞인 말을 걸어왔다.

"차좌! 누굴 죽이려고 작정하신 겁니까? 그러다가 다치
시기라도 하면 전 큰일 납니다. 진짜!"

운전하던 요원의 얼굴이 벌겋게 상기된 얼굴로 불평을
쏟아냈다.

"그래서 미안하다고 하지 않냐? 그나저나 네가 나갔다고
하길래 혹시 몰라서 GPS를 켰는데 역시나 딱 맞춰오네."

"으으, 이런 일에 추적기를 쓰신 걸 수좌께서 아시면 어
쩌려고 그러십니까!"

"얌마, 그 양반이야 뭐 잔소리 좀 늘어놓고 말겠지. 그러
니까 잔말은 그만하고 나도 좀 타고 가자."

차좌라고 불린 청년은 요원이 대답하기도 전에 열린 문
틈으로 강서린을 보더니 빙긋하며 툭 한마디를 던졌다.

"좀 봐주쇼, 형씨."

"마음대로. 안 가나?"

"이, 이런, 죄송합니다."

강서린의 무덤덤한 말을 들은 요원은 급히 사과를 하며
다시 운전대를 잡았다.

동시에 보조석 문이 벌컥 열리며 예의 그 청년이 풀썩 자
리에 앉았다.

겉으로 보기에는 한량과 다를 바 없었지만, 너무도 대단

한 재능을 타고나 그런 모습조차도 격의 없는 친화력이라 칭송받는 사내……

차기 치우회의 회주로 확실시되는 이 젊은 천재 무인은 능글거리는 미소를 띤 채 노골적으로 백미러를 쳐다보았다.

그는 잠깐 고개를 갸웃거리더니 어깨를 으쓱하며 강서린에게 말을 걸었다.

"인사나 좀 나눕시다. 저는 이산악이올시다."

그러자 버릇처럼 창밖만 보던 강서린의 눈빛이 처음으로 앞쪽을 향했다.

"강서린이다."

"으음?"

노골적인 반말과 단답형 대답에 잠시 어이없는 눈빛을 하던 이산악은 이내 피식피식 웃으며 다시 말했다.

"거참, 화통한 사람이네. 아! 이러면 굳이 돌려 말할 필요가 없겠는데."

의미심장한 어조로 말끝을 흐린 이산악은 곧바로 주먹을 불끈 쥐더니 고개를 홱 돌리면서 외쳤다.

"쌈 좀 한다던데 잠깐 나가서 한판 붙어봅시다!"

끼익!

운전하던 요원이 사색이 된 채 급히 브레이크를 밟았다.

흔들리는 내부 충격에 이산악이 인상을 쓰며 옆을 돌아왔다.

"너 운전 훈련 안 받았냐? 안전벨트도 안 했는데, 쓥!"

"차좌! 이게 무슨! 켁!"

빛살 같은 수도가 요원의 목을 때렸고 동시에 요원의 상체가 운전대로 쓰러졌다.

"이게 직속상관이 나서는데 도와주지는 못할망정 초를 치려고 그러네."

이산악은 그렇게 말하며 다시 강서린을 봤지만 그의 수준으로는 강서린의 기질이 살짝 달라졌음을 전혀 느낄 수 없었다.

"흠! 이제 방해꾼은 사라졌네. 한판 붙자니까?"

"버릇이 없군."

"버릇?"

이산악은 도무지 아래위도 없는 강서린의 단답형 대꾸에 적응이 되지 않는지 이번만큼은 웃지 않고 얼굴을 굳혔다.

"부모가 없어서 말이야. 댁이 내 버릇 좀 고쳐 보겠수?"

"말이 필요한가?"

철컥, 하며 강서린의 손이 문을 밀었고 그의 몸이 순식간에 차 밖으로 빠져나왔다.

"흐흐, 그건 그래. 말이 필요 없지. 어디 몸으로 배워봅시다."

만면에 투기를 일으키는 이산악이 빙글거리면서 강서린을 마주 보았다.

강서린은 그런 상대의 기세를 읽으며 간단한 정의를 내렸다.

"주제를 모르는군. 조금만 더 약했으면 훈계가 아니라 죽었겠지."

"뭐? 당신 참 말이…… 어어?"

이산악의 눈이 찢어질 것처럼 벌어졌다.

흐릿한 뭔가가 앞으로 뻗어오는데 몸이 반응하지 않는 것이다.

아니, 반응이라는 생각이 들기도 전에 이미 뱃가죽을 타고 쩌릿한 느낌이 오고 있었다.

퍼억!

발차기 한 방이었다. 그것도 살짝 무릎으로 올려 찬 정도였다. 언제 앞으로 왔는지는 따질 겨를도 없다.

그저 무릎이 보였다가 사라졌을 뿐이다. 그리고 끔찍한 통증이 시작됐다.

"크아아악!"

뱃가죽이 터질 것 같은 통증에 이산악은 철들고 나서 처음으로 바닥을 뒹굴었다.

강서린은 한 번 더 밟아줄까 하다가 그 모습을 보고 들던 발을 다시 내렸다.

"북궁 뭐라는 녀석도 그러더니 육체의 수준에 비해 정신력이 떨어지는군."

그렇다고 이 정도에 끝낼 만큼 그는 자신에게 덤빈 상대를 대충 처리하는 성격이 아니었다.

그의 전신에서 좀 전과는 그야말로 격이 다른 위압감이 뿜어지기 시작했다.

"상대를 봐가면서 까불라는 게 너에게 주는 훈계다. 두 번의 훈계는 없다."

때로는 물리적인 고통보다 정신적인 압박감이 더욱 무서운 법이었다.

특히 이산악처럼 하늘 높은 줄 모르는 천재에게는 죽음보다 더한 고통이 될 수도 있었다.

"……으으……."

이산악은 분명히 누구도 탄복할 만큼 대단한 기재였다.

하지만 그렇기에 그는 지금 자신이 느끼는 이 무지막지한 버거움을 제대로 받아들이지 못하고 있었다.

그러나 고통을 이기는 정신력은 적어도 북궁천기보다 그가 낫다는 사실을 보여주고 있었다.

이산악은 이를 악물며 일어나려 했다.

그러나 통증보다 더욱 큰 무력감이 몸을 휩쓸며 도무지 다리에 힘이 들어가지 않았다.

그렇게 몇 번의 호흡을 들이켜고 힘을 주고 나서야 그는 다시금 앞을 볼 수 있었다.

강서린은 이미 사라지고 없었다. 잠시 멍하니 침묵하던 이산악은 불현듯 뭔가를 깨달았는지 주춤거리며 차가 있는 쪽으로 움직였다.

"정말이지 무서운 고수구나. 사부가 상대할 자가 아니야. 저자가 적이 되면……."

딱 한 방이지만 그는 강서린의 무서운 힘을 뼈저리게 깨달았다.

그래서 있는 힘을 다해 품속의 핸드폰으로 손을 가져갔다.

"으으으……. 내가 다쳤다는 핑계를 대면 사부도 내려오시겠지."

*　　　*　　　*

휘익—!

바람을 가른다는 표현은 지금의 강서린에게 딱 들어맞는

광경이었다.

강서린의 눈썹이 한 차례 꿈틀거리며 움직였다. 석굴을 지나쳐 분지 형태의 커다란 공동에 닿은 시점이었다.

치악산이 험준한 산세를 자랑하긴 하나, 세간에 널리 알려진 국립공원이었다.

누구도 산중 깊숙한 곳에 이런 비처가 존재하리라곤 누구도 상상치 못했으리라.

구비한 형태의 천정으로 맑은 햇볕이 내리쬔다. 꽃과 풀, 거목 등과 어우러져 자연 그대로의 조경을 그려내고 있다.

무엇보다 그 중심.

세월의 풍상이 묻어나는 고풍스런 석조 건물이 커다란 바위를 벗삼아 지어져 있었다.

편액에는 선릉원이란 한문이 새겨져 있다.

그러나 이따위 풍경이 중요한 게 아니었다.

정작 강서린의 감정을 자극한 요소는 건물 안에서 느껴지는 낯익은 파동.

사실 그로서도 굳이 신경 써 기억할 상대가 아닌 이상에야 만난 사람의 파동을 일일이 기억하기란 힘들었다.

그러나 어느 정도 이상의 수준급, 즉 강자라 칭해지는 자들의 파동은 감각이 먼저 알려준다.

지금이 바로 그런 경우.

강서린의 미간이 크게 좁아졌다.

그는 한국에 와서 단 한 번도 이런 감각을 느껴본 적이 없었다.

그러나 비슷한 파동은 분명히 접해봤었다. 그것도 몇 번씩이나.

슬쩍, 그의 주먹이 쥐어진 채 올라갔다.

본래는 차를 버리고 목적지를 찾기 위해 개방한 기감이었다.

그런데 뜻밖의 파동을 포착하자 그의 심기가 달라진 것이다.

"이거 재미있군."

그는 파동의 주인에 대해서 비교적 잘 알고 있었다.

정신과 신체의 괴리로 인해 고생하던 시절, 성승의 곁에서 자신과 대면했던 유일한 중국계 무인. 그리고 손에 꼽을 정도의 강자.

"허헛, 서린 공자, 변함없이 강한 기세를 품고 있구려."

강서린의 미간이 좁혀졌다가 다시 무표정으로 돌아갔다.

"검치 늙은이, 내 인내심을 시험하려는가?"

"허헛, 부디 오해하지 마시게. 노부가 자네를 부른 게 아니라 나도 손님이니 말일세."

정색을 하며 석조 건물 모퉁이로 다부진 체구의 노인이 걸어 나왔다.

강서린에게 검치(劍痴)라고 불린 노인.

세계 십대 초인 중 한 명이자 중원을 대표하는 검법의 달인이 치악산의 심중 비처에서 모습을 드러낸 것이다.

소드 마스터는 자신을 연관시키거나 이용하려는 행동에는 절대로 자비를 두지 않는다. 막후 세계의 공통적인 불문율이었다.

검치, 남궁관악은 손까지 흔들며 오해하지 말라는 뜻을 온몸으로 표현했다.

강서린의 눈썹이 슬쩍 올라갔다.

이를 본 남궁관악은 재차 서둘러 입을 열었다.

미리 대비하고 있었는지 그의 음성에는 조금의 머뭇거림도 없었다.

"내 제자 아이에게 들었겠지만 이달 그믐에 비무행이 예정되어 있었다네. 그래서 잠시 본국에 다녀올 계획이었지. 그런데 다짜고짜 이곳에 초대된 거야. 당연히 거절하려 했네."

남궁관악은 말을 멈추며 자신이 걸어 나온 석조 건물을 향해 손짓했다.

"이거 원……. 아직도 믿기 힘들군. 저분들이 나서서 무

밝혀지는 존재 49

언가 기이한 방도로 나의 내공을 봉쇄했다네."

남궁관악의 이어진 음성은 강서린의 눈빛에 설핏 이채가
서리도록 만들었다.

강서린은 강자의 수준을 측정할 때, 그 성질이나 부류를
고려하기보다 자신의 힘을 얼마나 받아낼 수 있는지로 판
단하는 편이었다.

남궁관악 정도라면?

평소 정도의 힘만 준다면 어느 정도 자신의 상대가 가능
할 것이다.

만약 최선을 다한다면?

자세를 잡고 검을 든다는 전제하에 일격으로 목숨을 빼
앗거나 혹은 중상을 입히는 게 가능했다.

그가 상대했던 절대 다수의 강자들이 힘을 다하지 않은
상태에서 한두 번의 일격조차 버티지 못했으니, 이만 해도
대단한 수준이 아닐 수 없는 셈이다.

그렇지만 아무리 강서린 자신이 강하다고 해도 검치 정
도 되는 상대의 '힘' 그 자체를 손 하나 까닥하지 않고 무
력화시키지는 못한다.

내공이 봉쇄됐다는 건 싸우기도 전에 이미 힘을 잃어버
렸다는 말과 다름없는 것.

'느껴지는 파동은 다섯. 꽤나 수준급이긴 하나, 저들이

모두 연합한다고 해도 검치를 제압할 수는 없을 텐데.'

강서린의 심중이 이런 결론을 내릴 때, 석조의 문이 열리며 노회하지만 청아한 목소리가 들려왔다.

"호호, 손님께서는 어서 안으로 드시지요."

"대장로께서 부르시는구먼. 어서 가보게. 어질고 현명하신 분이니 예의를 지켜주길 부탁하네."

이곳에 있는 동안 무슨 일을 겪었는지 남궁관악은 상당한 공경을 담아 강서린에게 말했다.

강서린은 그런 그를 무시한 채 가볍게 발을 굴렀다. 그의 신형이 순식간에 건물 앞에 당도했다.

열린 문 너머로 고즈넉한 광경이 들어온다.

오래된 목조 탁상과 그 좌우에 서 있는 4명의 노인.

하나같이 삼베로 짠 한복을 입고 머리에는 갓을 쓴 채 뒷짐을 지고 있었다.

그러나 강서린이 바라본 사람은 그런 한복 노인들과 전혀 다른 기질의 노파였다.

정갈한 비단 한복을 입고 머리에는 비녀를 꽂은 초로의 노파. 체구는 작았지만 젊은 시절 대단한 미녀임을 짐작케 할 만큼 선이 곱고 자애로운 분위기를 내포하고 있었다.

노파가 강서린을 보면서 미소를 짓더니 손을 내밀었다.

"앉으세요. 몸이 이러니 배웅을 나가지 못했답니다. 귀빈의 이해를 구합니다."

"당신이 대장로입니까?"

강서린은 이렇게 물으며 맞은편에 놓인 목조 의자를 빼냈다.

굳이 노파의 양해가 아니라도 그녀가 휠체어에 앉아 있단 사실쯤은 마주 본 그 즉시 파악하고 있었다.

"부족하지만 대장로 직을 맡고 있는 공영입니다. 옆에 계신 분들은 각자 이 공영의 오랜 동지이자 치우회의 장로를 맡고 계신 분들이죠."

"저는 강서린입니다."

강서린도 자신의 이름을 밝혔다.

공영은 그런 강서린을 보기 좋은 미소로 마주하며 다시 손을 내밀었다.

"설록차를 준비했습니다. 입맛에 맞으실지 모르겠군요."

고풍스런 청화 백자에서 김이 모락모락 나는 찻물이 조르륵 소리를 내며 찻잔을 채운다.

정성스럽게 찻잔을 채운 노파는 잔을 잡더니 그대로 강서린에게 내밀었다.

멀지는 않았지만 그저 앞에 밀어둔다고 해서 손쉽게 찻잔을 쥘 거리 역시 아니었다.

그러나 현 시대에는 사라진 상고의 술수가 찻잔을 부드럽게 강서린의 앞으로 이동시켰다.

이른바 허공섭물.

"대단하군요."

강서린은 오랜만에 감탄사를 흘렸다. 찻잔이 허공을 날아서가 아니었다.

그가 보고 있는 노파는 박건욱과 비교해도 그리 많은 내공을 가지고 있지 않았다.

지금까지의 경험을 비출 때, 고작 저 정도의 파동의 방출만으로 이런 수법을 부린 사람은 아무도 없었다.

"내공의 운용이란 게 높은 경지에 달한 것 같습니다."

찻물을 한 모금 삼키며 강서린이 말했다. 그러자 노파의 고개가 좌우로 흔들렸다.

"아닙니다. 저야말로 놀라는 중이에요. 제가 들은 것과 말씀하시는 것을 봐서는 체계적으로 무공을 배우신 것도 아닌데 저의 수준이나 허공섭물의 요체를 정확히 꿰뚫어 보시는군요."

불현듯 강서린의 눈빛이 강해졌다.

"연장자시고 초면이라 예의는 지킵니다. 제게 볼일이 있다면 지금 말씀하시지요."

대장로 공영은 직설적인 강서린의 화법에도 일점 당황

없이 차분하게 고개를 끄덕였다.

"그리 하겠습니다. 으음……. 본래 저와 다른 장로 분들은 더 이상 바깥일에 개입할 상황이 아니었습니다. 주어진 사명도 어느 정도 끝을 보고 있기에 남은 시간은 천지에 치성을 드리며 보내고 있었지요. 하여 저희가 공에 대해서 알게 된 바는 그리 오래전이 아닙니다."

강서린이 묵묵히 듣고만 있자 대장로는 미소 가득했던 표정에서 점차 진중함을 띠며 다시 말했다.

"세상 사람들은 모르지만 상고의 비전을 수호하기 위해 오랜 나날을 인고의 고통 속에 보내시는 분이 있습니다. 저희는 그분을 수호자라고 부르고 있습니다."

'흠!'

여간한 일에는 눈 한 번 꿈쩍하지 않는 강서린이지만 이때부터 들려오는 이야기는 그조차도 인상을 쓸 만큼 황당한 내용을 담고 있었다.

가히 누구도 상상할 수 없었던 고대의 비사…….

어느 한 날을 계기로 모든 '신비'가 사라졌다.

서(西)의 마법이 한낱 이단으로 취급됐고 동(東)의 무공은 '기'를 잃어버려 허무맹랑한 소설로 전락해 버렸다.

동과 서에서는 다발적인 핍박이 시작됐고 특히 초인이 활보하던 무림을 없애기 위해 무림을 증오하는 자들, 그리고 권력자들의 피의 숙청이 이어졌다.

유서 깊은 무림 명가들은 뒤늦게 이 사실을 알았지만 이미 때는 늦고 말았다. 싸워봤자 자중지란. 무림의 멸망 뿐.

전설이라 일컬어지는 몇몇 세력의 고수들을 제외하면 이미 한 단계씩 무위가 떨어져 버렸고 거기다가 운기조식을 통한 기의 회복조차 불가능하단 사실은 그야말로 치명적이었다.

이 같은 이변을 해결하기 위해 많은 무인들이 지하로 숨어들었다.

격변의 시기, 3명의 절대자가 불사천심(不死天沈)이라 명명된 불멸의 대법을 만들기 위해 죽음과 삶의 문턱에서 육신을 잃어버렸고 27명의 초인이 실혼 강시로 이지를 잃어버렸다.

항차 대법의 중심이 될 3명의 절대자를 지키기 위한 희생이었다.

이들은 도가의 진법에서 활로를 찾아 수백여 명의 무인으로 하여금 생명을 바쳐 불사천심기둥(不死天沈基둥)을 남기도록 했다.

이로써 기둥에 스며든 피의 후손들이 기둥이 박힌 자신들의 땅에서 잃어버린 기를 되찾았다.

그 수가 적지 않아 암중으로 중원 무림은 그 명맥을 유지, 보존할 수 있었다.

뿐만 아니라 기둥을 만든 고수들, 즉 그들의 핏줄을 통해 불사천심의 효과는 계속해서 이어졌고 현재에 이르러서는 진혈로 군림하며 과거보다 더욱 가멸찬 세를 과시하고 있었다.

이제는 중국에서조차 잊힌 전설.

그러나 그 안에 또 다른 비사가 숨어 있으니…….

정, 사, 마를 대표했던 3명의 절대자 뒤에는 그보다 훨씬 높은 경지의 진정한 초월자가 존재하고 있었다.

그가 어디에서 왔는지, 사문이 어디인지는 아무도 몰랐다.

확실한 건 그만이 역사상 동방을 통틀어 단 한 번도 등장한 적이 없다는 생사지경(生死之境)의 무인이라는 사실이었다.

이변, 혹은 기형이라 불리는 세상이 시작되며 모습을 드러낸 그는 멸망의 기로에 서 있던 중원 무림계를 구원했다.

그랬다. 이 생사지경의 무인이 바로 불사천심의 대부분을 알려주고 3명의 절대자와 27인의 초인을 심중 비처로 모아 활로를 모색케 한 진정한 주역이었다.

그러나 그는 고향으로 돌아가기 직전, 배신을 당했다.

장차 다가올 미래…… 나약해지는 인간들의 세상에서 자신들의 후손만이 득세하게 만들겠다는 중원 무인들의 추악한 이기심이었다.

불사천심이란 역천의 대법을 실행하기 위해 거의 모든 진기를 상실했던 그는 생강시로 변화한 무림 고수 27인의 공세를 버티지 못했다.

가까스로 탈출하긴 했으나 고향에 돌아올 즈음에는 거의 모든 힘을 잃어버린 뒤였다.

그의 본래 능력이라면 세상의 기형에도 불구하고 힘을 회복할 수 있겠지만 하필 치명적인 몸 상태가 맞물리며 힘의 회복은 고사하고, 생명조차 경각에 달하기에 이르렀다.

그리하여 생사지경의 무인은 천하에서 가장 신령한 산에 올라 긴 잠에 빠져들고…….

"그분의 육신은 잠자고 있으나 정신과 혼은 깨어 계셨습니다. 작고하신 저희의 스승님께서는 본래 백두산 인근 마을의 가난한 약초꾼이셨으나 우연히 스승님의 비처에 들어 그분의 혼과 교감을 하셨지요. 그 후에 스승님은 우리 민족이 잃어버렸던 비전과 무공을 수호자께 전수받고 세상에 나와 광복을 주도하셨습니다."

대장로의 목소리는 차분했지만 그 이면에는 수호자란 존재를 향한 신심 어린 존경이 내포되어 있었다.

'생사지경의 무인이라…….'

강서린은 신중히 생각했다.

표현 그대로라면 아주 헛소리는 아닐 것이다. 무엇보다 대장로의 태도에는 묘하게 설득력이 있었다.

"그래서 무얼 말하고 싶은 겁니까?"

"조금만 더 들어주시지요. 사실 저희 장로들은 이 땅의 정기를 수호하는 치우회를 결성하는 것으로 맡은 바 소임을 다한 상황입니다. 수호자께서 알려주신 방법으로 저희의 쌓은 모든 내공 역시 후진들에게 전해주었지요. 하온데 십 년이 훨씬 지난 요즈음 그분께서 저의 꿈에 현몽하시어 검공을 구하라고 하셨습니다. 현몽의 시간이 짧아 정확한 방도까지 들을 수 없던 터라 하는 수 없이 저는 검공을 이곳으로 모셔오는 쪽을 택했지요."

"어쩐지 추측되는 경지에 비해 파동이 약하더니 이유가 있었군. 내공의 전수라……. 그래도 검치 노인의 내공을 봉쇄할 정도라면……."

강서린의 중얼거림 같은 말에 대장로는 잠시 고개를 갸웃하다가 이내 미소를 지으며 설명했다.

"호호, 아닙니다. 곡해하셨어요. 말씀드렸다시피 현존하는 진혈 무인들의 내공 기반인 천심기는 본래 수호자의 영향을 받아 만들어진 기물입니다. 기둥이라고는 하지만 절대 소멸하지 않는 이유가 바로 이 때문이죠. 저희 역시 천심기는 아니지만 수호자께서 수승님을 통해 내리신 안배로 내공의 기반을 다졌고 이 때문에 두 성질이 매우 흡사하답니다. 저희의 내공을 공명시킴으로써 잠시 동안 검공께서 가지고 계신 천심기를 공명시킨 것에 불과하죠. 검공께서 당황하셔서 그렇지, 거부하셨다면 저희로서는 그분을 모셔오지 못했을 겁니다."

그러나 강서린이 듣고 싶은 건 그런 설명 따위가 아니었다.

"본론은 아직입니까?"

"이 늙은이의 설명은 이것으로 끝났답니다."

여전히 자애로운 미소를 지으며 자신을 바라보는 노파.

연륜이 쌓이면 굳이 직접적으로 말하지 않아도 지나온 말과 현재의 분위기로써 말보다 더욱 확답을 피력할 수도 있다.

강서린은 무덤할 뿐이지, 그런 것도 읽지 못할 만큼 둔감한 게 아니었다.

"연장자로서의 예의는 이게 마지막이 될 겁니다. 묻겠습니다. 그 수호자란 자가 나를 보려는 이유가 무엇입니까?"

강서린의 음성에는 조금의 살기도 없었지만 그 어조에 깃든 것은 직전과는 비교도 안 되는 완고함이었다.

누가 들어도 반 협박에 가까운 그의 어조는 석상처럼 자리를 지키던 4명의 장로마저 움직이게 만들었다.

"이놈이 감히!"

"뉘 안전이라고 대장로께 망발을 늘어놓느냐!"

그러나 대장로는 여전히 침착하게 강서린을 마주보고 있었다.

"그만하세요."

"허나, 대장로님!"

"그만들 진정하시라고 말하고 있습니다."

"크흠······."

장로들은 대장로의 만류에 이내 못마땅한 표정을 지으며 다시 입을 다물었다.

공영은 그런 장로들을 한 차례 훑으며 눈치를 준 다음 다시 부드러운 어조를 입가에 담아냈다.

"놀라게 해드려 죄송합니다. 그리고······ 저는 그분의 의도를 알지 못합니다. 다만 공을 수호자 자신께 인도하라는 분부만 받았습니다. 수호자께서 이리 말씀하셨습니다. 공께서 오신다면 가장 궁금해하는 것을 알려주시겠노라고."

"내가 가장 궁금해하는 것이라……."

강서린의 눈빛에 강렬한 기세가 번져갔다.

"좋습니다. 그 수호자란 자를 만나도록 하지요. 단, 사실이 아니라면 댁도, 그 수호자도 지금 한 말에 책임을 져야할 겁니다."

"……!"

끝까지 온화한 기색을 유지하던 대장로도 이때만큼은 조금 경직된 표정을 지을 수밖에 없었다.

하지만 워낙 높은 수행을 쌓아서인지 대장로의 신색은 금세 예의 상태로 돌아갔다.

"중국에 가신다고 들었습니다. 가시는 길에 검공을 동행하시지요. 혹여 검공께서 함께 가셔야 하는 이유가 궁금하신지요?"

"백아영이 관련이 있겠지. 당신이라면 그녀의 재능을 파악했을 테고."

공영의 주름진 눈이 조금 커졌다.

상대가 나이에 맞지 않게 특별하다는 사실은 두말할 나위도 없었지만 이 같은 상황 파악력은 머리가 좋거나 무력이 강하다고 해서 생기는 게 아니었다.

"으음, 언급하신 것처럼 그 아이는 매우 뛰어난 천품을 타고났고, 하여 수호자의 선택을 받아 그분이 계신 비처에서 치료를 받고 있답니다. 저희에게 대략적인 내용을 들은 검공께서는 당신이 손녀처럼 아끼는 그 아이의 곁으로 가고 싶어 하셨지요. 검공께서 안내하시는 마을에 가시면 공의 제자인 무호라는 아이가 마중을 나올 겝니다."

"볼일은 끝난 것 같군."

강서린은 기다렸다는 듯이 자리에서 일어났다.

일방적인 의도를 갖고 자신의 움직임을 유도한 상대에게 이 정도만 해도 그답지 않은 예외적인 양보를 해준 셈이었다.

지난 3년, 세계를 종횡하며 굳어진 그의 원칙은 상대의 신분이나 목적에 구애를 받은 적이 없었으니까.

그렇게 강서린이 나가고 나자 가까스로 노기를 참고 있던 장로들이 누가 먼저랄 것도 없이 성토에 가까운 소리를 내뱉었다.

"도대체 저 어린놈이 뭐라고 쩔쩔 매신단 말입니까?"

"허어! 삼 장로, 말이 심하지 않소! 틀린 말은 아니나 어디 대장로께 언성을 높이는 게요!"

"자자, 모두 진정하시고 대장로님의 말씀을 들어봅시다."

"그렇습니다. 사실 우리도 이게 어찌 된 영문인지 모르지 않습니까?"

대장로 공영은 그런 장로들의 모습을 보며 근심 어린 중얼거림을 흘려냈다.

"천불총이 열리면 세상에는 아비교환이 도래할 터……수호자의 예언대로 되기를……."

*　　　*　　　*

"검치, 내가 중국에 가는 이유를 알고 있나?"

"안 그래도 궁금하던 참이라네. 대장로께 듣기로는 공이 오늘 중국으로 간다고 하니 함께 동행하여 제자 아이를 살피라고 하더만, 나야 그렇다 치고 공이 중국에 갈 이유가 무엇이 있나?"

"원래는 당신을 찾아서 도울 생각이었다."

"으잉? 정말인가? 공이 무슨 연유로?"

"당신이 지키던 자들이 당신을 노리더군."

"허어, 이거 참. 모를 노릇일세. 노부도 머리가 있으니 맹주가 아영이를 빌미로 노부를 도발한 것을 알고 있다네. 허나, 이는 노부와 맹주의 사정인 터. 이런 일에 공이…… 아니지. 자네 정도 되는 사람이 나선다는 걸 어찌 믿으란 말인가? 혹여……."

남궁관악은 조심스럽게 '아영이 그 아이 때문인가?' 라는 말을 하려다가 하마터면 말이 막혀 숨이 넘어갈 뻔한 기막힌 경험을 해야만 했다.

"찾아서 밟아야 할 적이 생겼다."

"헉!"

남궁관악은 간신히 헛숨을 터트렸다. 당혹으로 가득 찬 그의 머릿속은 백치처럼 변했고 한참 망부석이 되고 나서야 어렵사리 말문이 트일 정도였다.

"……허면 노부의 일을 빌미로 맹을 이용하실 생각인 겐가?"

"그렇다고 해도 무방하다."

"허어, 아니 되네. 그러지 않아도 도와야지. 암! 내 다 알아서 하겠네. 어차피 일이 이렇게 됐으니 북궁가는 글러먹었어. 이참에 내 제자 아이까지 손을 댄 맹주부를 아주 갈아 마실 참이니 그냥 지켜만 봐주게. 그리하면 어차피 맹주부를 대신해 한동안 노부가 직접 맹을 움직여야 할 게야. 그러니 자네가 나설 필요가 없어. 내 공의 일에 어찌 가만히 있겠는가?"

남궁관악은 급했다. 얼마나 급한지 마음에도 없는 소리까지 지어냈다.

그는 살검을 경멸하는 무인이었다. 그러나 가만히 있지 않겠다는 말은 진심이었다.

미치지 않고서야 이자를 건들다니?

지금 심정만큼은 묻어둔 살검들 꺼내 재대로 휘두르고 싶은 충동이 일 정도였다.

'이 미친! 어떤 놈들이 이자를 건드렸단 말인가? 웬만한 상대는 적으로도 취급하지 않는 자가 저자거늘! 이거 잘못 하다가는 우리 중국 땅에서 피바람이 불겠구나.'

서(西)에서 관련된 일이라면 절대로 이자가 중국에 갈 일이 없었다. 저자의 추종 세력이 득실한 세력권이니까.

그렇다는 건, 그가 한국으로 넘어온 직후, 어떤 겁대가리 상실한 동(東)의 세력이 이 무적자의 심기를 상하게 했다는 이야기가 된다.

그런 동양에서 가장 큰 세를 형성하는 막후 조직은 단연 20억 인구를 가진 중국의 두 조직체였다.

바로 오련맹과 구정회.

물론 이 두 조직체가 '검의 주인'이 칭한 적일 수는 없었다.

구정회의 초인인 성승 합비는 세상이 모르는 그의 유일무이한 은인이었고 오련맹의 초인인 자신은 그와 하나의 밀약을 맺고 있었다.

그럼에도 부구하고 이자가 자신을 찾았다면 이유는 단 하나였다.

'이자가 적을 말살시키는 패로 우리 오련맹을 선택했구나. 구정회야 성승께서 계시니 함부로 굴리기 뭐하겠지. 허면……'

남궁관악은 허탈한 심정에 눈을 질끈 감기까지 했다.

'허! 어리석은 사람들 같으니라고. 조금만 참았으면 이 인간 같지 않은 자에게 빚을 지워둘 수 있을지도 몰랐거늘……'

그는 맹주부의 성급한 음모에 통탄의 심정을 금하기 힘들었다. 그러나 이미 때늦은 후회였다.

자신의 친손녀처럼 생각하는 백아영의 일로 이미 이자의 검에 맹주부의 피가 묻었다는 사실을 알고 있었다.

남궁관악은 본국으로 돌아가는 즉시 무력을 써서라도 맹의 일을 수습하리라 마음먹었다.

어찌 됐든 천우신조로 이자의 의도를 먼저 알았으니 어떻게든 맹의 안위를 위해 최선을 다하기로 결심하는 그였다.

그러나 남궁관악은 무적자라는 이름값에 치여 매우 중요한 한 가지 정황을 간과하고 있었다,

본국으로 돌아가면 모든 문제가 해결될 것이라고 믿고 있지만 중원제일검인 자신의 능력을 과신하는 만큼, 음모를 꾸민 오련맹의 맹주부 또한 검치라고 불리는 그의 능력

을 누구보다 잘 알고 있다는 것을.

강서린이 그의 말을 무시하는 주된 이유 중 하나이기도
했다.

Seorin's
Sword

예로부터 중국에는 거대한 기둥이 하나씩 생성되어 왔
다.

기둥은 총 아홉 개가 된 후에 끝을 보았는데, 무(懋)를 숭
상하는 중화인은 이를 구대문파라 부르며 외경심을 드러내
곤 했다.

정(正)을 지향하는 구대문파는 중원 무림계와 그 역사를
같이한다고 해도 과언이 아닐 만큼 유구한 세월 속에 존재
해 왔다.

무림이 존재하는 한, 설령 기둥의 주인이 바뀐다고 해도

아홉 기둥의 굳건함은 실로 영원하리라 누구도 믿어 의심치 않았었다.

그러나 불과 백여 년 전, 은밀하게 시작된 무림의 몰락과 곧이어 밀어닥친 근대화의 물결은 아홉 기둥을 산산이 흩어진 모래알로 바꿔 놓았으니……

검선 여동빈의 진전을 이어 검으로서 무림을 질타했던 청성파(靑城派)가 그 완고함만큼이나 가장 먼저 역사의 뒤안길로 사라졌다.

뒤이어 점창파(點蒼派)가 자파의 자랑인 사일검법처럼 지는 노을 속에 자취를 감추었다.

어디 그뿐인가?

중원 도가의 성지인 곤륜산과 송(宋), 명(明) 시대를 주름잡던 무당산의 도맥도 그 본류를 상실했다.

그나마 세속과 가까이 있던 공동산의 정기는 가장 오랫동안 버텼지만, 그 역시 살아남지는 못했다.

그리하여 현재에 이르러서는 점창파, 청성파, 곤륜파, 무당파, 공동파로 대두되던 오대 도맥이 한낱 이야깃거리에나 등장하는 전설이 되었다.

반면에 아직까지 그 실체를 유지하는 문파도 있었다.

물론 이 또한 실존 무림 시절과 비교하면 그야말로 빈 껍질이나 다름이 없었다.

서악의 화산파는 검결에 묻어나는 매화 향을 잃어버린 체 화산서원이란 평범한 도문으로 전락했다.

항마불사를 외치던 여승의 성지인 아미파, 오묘하고 상서로운 비전으로 높임 받던 전진파 역시 화산파와 다름없는 몰골이었다.

그나마 영원한 무림의 태산북두인 소림사는 아홉 기둥의 문파 중 현대에도 유일하게 거대 사찰의 위용을 뽐내고 있었다.

그러나 그 속을 들여다보면 그 위대했던 불문 무공의 정화는 온데간데없었고, 한낱 관광객이 찾는 사찰 명소에 불과한 실정이었다.

"현대의 사람들이 보기에는 말이죠."

손지연이 강한 어조를 내며 자신의 은테 안경을 살짝 치켜 올렸다.

그러더니 그녀는 살짝 못마땅한 표정을 지으며 정면을 주시했다.

'하여튼 내가 못살아.'

출국 준비하랴, 이것저것 점검하랴, 비서가 할 일이 어디 한두 가지인가?

그런 와중에도 시간에 쫓기며 준비한 정보였다.

벌써 수십 번도 넘게 반복해 온 일이라고 해도 매번 얄밉기 그지없는 것이다.

누가 봐도 듣는 둥 마는 둥 하는 상대.

지금 그녀의 앞에는 강서린이 반쯤 감긴 눈으로 창밖을 보고 있었다.

손지연은 비쭉 입술을 내밀며 한마디 할까 하다가 그만뒀다.

그나마도 좌석의 쿠션감이 마음에 들지 않았다면 절대 참지 않았을 것이다.

언뜻 보기에 두 사람이 있는 공간은 고급 서재를 연상케 했지만 둥근 유리창 바깥으로는 창공의 푸른 지평선이 펼쳐져 있었다.

손지연은 작게 한숨을 내쉬며 다시 말문을 열었다.

"그래도 오늘은 좀 낫네요. 눈 크게 뜨고 봐주는 사람이 있어서요."

이 말에 조금 떨어진 좌석에 앉아 있던 박건욱이 민망한 듯 시선을 돌리며 입을 열었다.

"큼, 그렇습니까?"

"훗, 아무튼 설명을 계속할게요. 어디까지 했더라……
아, 여기…… 그러니까 옛날의 구대문파는 확실히 몰락한 게 맞아요. 표면적으로도 그렇고…….."

문득 손지연은 뭔가 걸리는 게 있는지 고개를 갸웃하다

가 말끝을 붙잡았다.

"보통은 이렇게 모호하게 보내지 않는데 오늘은 이상하네요. 으음, 아무튼 그건 다음에 따지기로 하고…… 이들 구대문파는 사라진 게 맞는데 어찌 된 영문인지 대략 칠팔십 년 전부터 그들의 후예가 등장하기 시작했다는데요? 그러다가 지금에는 아홉 문파 모두가 과거의 성세를 어느 정도 되찾았다고 나와 있어요."

"구정회군요."

박건욱이 한마디 거들었다.

"네. 맞아요. 어떻게 아셨어요?"

"중국에서 제대로 된 구대문파의 무공을 쓰는 집단은 단 하나밖에 없습니다. 이쪽 바닥에서는 상당히 유명한 집단입니다."

"아! 그렇겠네요. 박 실장님 정도면…… 안 그래도 여기를 보니 오련맹이란 조직과 함께 중국을 대표하는 골든 클래스라고 적혀 있네요."

'도대체 저런 정보는 누가 보내는 걸까?'

박건욱은 수긍하는 그녀의 모습을 보며 내심 궁금증이 치밀었지만 묻지는 않았다.

지켜보다 보면 언젠가는 알게 될 날이 올 것이다.

손지연은 구정회에 대한 대략적인 설명을 늘어놓은 다

음, 비슷한 패턴으로 오련맹에 대해서 설명했다.

　내용은 많이 흡사했다.

　그들 또한 구정회처럼 어느 시점을 기준으로 다시 세가의 면모를 되찾았다는 점이다.

　이 밖에도 가장 큰 공통점이 있는데, 구정회와 오련맹은 그들의 이름으로 활동하지 않고 대리 조직을 만들어서 세를 떨친다는 점이었다.

　구정회는 정계 재계의 인사들이 지연과 사승 관계로 묶여 있는 상하이방(上海幇)을 통로로 영향력을 발휘했다.

　오련맹은 이른바 태자당이라고 불리는 중국 내 최대의 엘리트 집단을 움직였다.

　이 밖에도 사상 최대의 중국계 조직이라고 알려진 삼합회와 죽련방, 사해방 등의 실권을 양분하는 막후 권력이 바로 구정회와 오련맹이었다.

　구정회의 아홉 문파와 오련맹의 오대 세가는 실로 뿌리 깊은 세를 구축하고 있는 것이다.

　"최근 오련맹과 구정회의 아성에 도전하는 흑건중이라는 적이 생겼는데 군부의 대표적인 인맥이지만 석유 사업에만 손을 대서 석유방이라고 분류되는 인사들이 이 흑건중을 밀어주는 모양이에요."

　"자야겠다. 도착하면 깨우도록."

강서린이 귀찮다는 듯 손짓하며 손지연의 설명을 끊었다.

"으이구!"

손지연은 입술을 삐죽하며 테블릿 PC의 전원을 껐다.

매번 이런 식이지만 그녀는 어느 시점부터 단 한 번도 브리핑을 빼먹지 않았다.

이 머리 좋은 도련님은 대충 듣는 것 같으면서도 전부 기억하고 있기에.

'이 정도면 충분할 거야. 그리고 남궁 노사님도 동행하시니 큰일이 터지진 않겠지. 그런데⋯⋯.'

다만 하나, 그녀를 의아하게 만드는 건, 한국에서 남궁 노사를 찾았는데 왜 굳이 도련님이 중국행을 강행하느냐는 사실이었다.

'무슨 일일까?'

박건욱 실장과 어딜 다녀온 뒤로 도련님의 심중에 뭔가 변화가 생긴 게 분명했다.

"아무래도 안 되겠어. 비서인 내가 몰라서 되겠어? 흠! 박 실장님. 저 좀 봐요."

다짜고짜 자신을 지목하는 그녀의 손길에 박건욱은 뭐라고 대답할 사이도 없이 엉거주춤 일어나야 했다.

그러는 사이,

창밖의 구름이 걷히고 중국의 광활한 영토가 서서히 가까워지고 있었다.

*　　　*　　　*

일성 실업의 영업부 부장 국용진은 자신에게 일생일대의 기회가 왔다고 생각했다.

'윗분들 눈에 든 보람이 이제야 생기는구나. 으하하!'

마음 같아서는 크게 고함이라도 지르고 싶었다.

소싯적, 함께 입사한 동기들 중 대부분은 이미 명예퇴직당한 채 퇴물로 전락했다.

위로 올라갈수록 자리는 없고 그만큼 낙오자가 생긴다.

국용진은 낙오자가 되지 않기 위해 수단과 방법을 가리지 않았고 이제 딱 하나의 계단만을 남겨놓고 있었다.

바로 전무로의 승진.

명실공히 그룹의 임원이 되는 것이다. 그러나 아직도 경쟁자가 세 명이나 됐다.

타 부서의 부장들이다. 그들 모두 만만찮은 경력을 쌓아온 터라 부담이 적잖았다.

때문에 얼마 전, 분명 후환이 생길 줄 알면서도 윗사람의 구미를 맞추고자 부하 직원 중 한 명까지 희생양으로 써먹었다.

그리고 오늘.

회사의 가장 중대차한 행사를 앞두고 대표 이사를 보필하는 자리에 자신이 뽑혔다.

이미 공공연하게 다음 전무 자리는 오늘 행사에 불려가는 부장이 될 거란 소문이 사내에 돌고 있었다.

축하가 이어졌다.

부장실을 거쳐 사원실까지 한 바퀴 돌며 축하를 받은 국용진은 직접 브리핑 자료를 들고 회의실 앞에서 대기했다.

국용진은 긴장한 자세로 서 있다가 커피라도 한 잔 마시고 와야겠단 생각에 복도 한쪽으로 발길을 돌렸다.

"이사님과 투자자가 창고를 한 바퀴 돌려면 아직 여유가 있겠어."

그때였다.

복도 끝에 있는 커피 자판기 옆에서 익숙한 얼굴의 사원이 손까지 흔들며 축하 말을 건넨다.

"여어, 부장님. 승진한다면서요? 이거 축하드립니다. 원체 부지런하시니 지금쯤 회의장에 미리 가 있을 것 같았는데 진짜네요."

"허허, 고마워. 내가 좀 부지런하긴 하지."

국용진은 기분 좋게 화답하며 걸어갔다.

당연히 사원의 손에서 커피가 건네지리라 믿어 의심치 않았다.

그게 부하 직원의 예의니까.

그런데 이상했다.

걸음을 옮기던 국용진의 눈 주변이 조금씩 흔들렸다.

커피를 뽑기는커녕, 물끄러미 자신을 보고 있는 익숙한 얼굴의 직원.

"너, 넌?"

"여어, 너무 놀라지 맙시다. 인생 참 재미있지 않습니까? 뒈진 줄 안 부하 직원이 이렇게 떡! 하고 돌아왔으니 말입니다."

"헉!"

국용진은 얼마나 놀랐는지 품에 끌어안고 있던 브리핑 자료마저 떨어뜨렸다.

"어, 어떻게……."

"어떻게 살았냐고? 에이, 그럼 진짜 뒈진 줄 알았던 거야? 하긴 그럴 만도 하지. 운이 좋으면 중상이고 재수 없으면 뒈지는 곳에 보냈는데 한참동안 실종 상태였으니 나라도 그렇게 믿었을 거야."

강천하는 빙글빙글 웃으며 어깨를 으쓱했다.

이를 보는 국용진의 코끝이 부들부들 떨렸다.

그러나 그는 직장이란 전쟁터에서 닮고 닮은 인물이었고 그런 만큼이나 상황 대처에 빨랐다.

국용진은 가까스로 표정 관리를 하며 이 자리를 벗어나려 했다.

"으으음, 자네의 심정을 이해하네. 내가 시켜서 출장을 나갔다가 험한 일을 겪었는데 왜 화가 나지 않겠는가? 그러니 나만 믿게. 내가 이 직함을 걸고서라도 윗분들께 합당한 보상을 받아내도록 하겠네."

강천하는 웃었다. 그리고 말했다.

"하하, 예전에는 말이야. 그런 말을 들으면 감격해서 껌벅 넘어갔을 거야. 그런데 있잖아. 지금은 그냥 멍청해 보여. 웬 줄 알아?"

태연하다 못해 마치 어린아이 대하듯 말하는 강천하의 모습은 외려 화를 내는 것보다 더욱 섬뜩했다.

국용진은 자신도 모르 게 엉거주춤 서며 발작적으로 반응했다.

"이, 이 무슨 말버릇인가! 난 자네의 상사일세!"

"시끄럽고 들어봐. 당신은 내가 험한 일을 겪었다고 했지? 근데 그걸 어떻게 알아? 나는 그냥 실종 상태로 처리됐

잖아? 내가 좀 알아보니까 일하다 말고 백인 유부녀랑 눈 맞아서 도망갔다는 말도 있던데?"

"허억……."

국용진은 창백해진 낯빛으로 뒷걸음질 쳤다.

뭐라고 반박을 하고 싶었지만 입이 떨어지지 않았다.

실제로 그는 사건을 덮기 위해 평소 실종된 사원이 여성 편력이 심했다는 거짓 진술을 하기까지 했었다.

물론 자신이 그런 것까지 생각하며 곤란할 이유가 없었다.

그러나 마치 이글이글 타오르는 낙인처럼 자신의 동공을 파고드는 상대의 시선.

풀썩!

국용진이 중심을 잃고 엉덩방아를 찧으며 넘어졌다.

"으으…… 가, 가까이 오지 마……."

강천하가 가까워질수록 그의 공포심은 극도로 커지고 있었다.

이유는 그도 몰랐다.

강천하는 다가오는 걸 멈추고 지긋이 그와 마주했다.

마치 고문하는 죄수를 내려다보는 간수의 모습이랄까?

지금 누가 이런 광경을 본다면 이상해서 고개를 갸웃했으리라.

밝고 깨끗한 복도에서 잔뜩 겁에 질린 채 순한 인상의 청년을 올려다보는 중년 부장.

그러나 사람의 눈으로는 볼 수 없는 어둠의 귀기. 지옥조차 근원한다는 지독한 밤의 원소.

한낱 인간 따위가 사명력을 쬐고 멀쩡할 순 없는 노릇이었다.

강천하는 예의 빙글거리는 웃음을 거두지 않고 말했다.

"나를 파묻던 자들의 낄낄거리는 소리가 아직도 잊히지 않아. 그만큼 겁을 줬는데 자신들의 영역에 기어온 머저리라고 말이지. 본보기를 보여야 하니 너무 억울해하지 말라고도 했던가? 하여튼 흠! 그때 깨달았지. 아, 시발 뻔히 위험해질 걸 알면서도 나를 보냈구나, 하고. 어때, 국 부장? 내 추측이 정확해?"

"나, 나는……."

"모르는 일이라고 하면 당신은 여기서 죽어. 생존력 좋잖아? 부장이란 사람이 그것 밖에 안 돼?"

"으……. 어, 어쩔 수 없었네. 이미 위에 보고된 일이고 도서관에 우리 유통망 제품을 시현하려고 막, 막대한 뇌물이 들어가서 그만……. 그, 그쪽에 마피아가 끼어 있는 줄 알았으면 애초에 시도조차 하지 않았을 걸세. 그런데 이미 엎질러진 물이라…… 미, 미안하네. 내 어떻게든 보상을 해

줌세."

국용진은 말을 하면서도 자신이 왜 이런 말을 주절대는지 이해를 못할 만큼 정신이 없었다. 원래 같으면 그냥 모른다고 잡아떼야 정상이었다.

강천하는 그제야 확실히 납득했다는 얼굴을 하며 고개를 끄덕였다.

"그래? 흠, 알았어. 어쨌든 그 덕에 내가 팔자가 폈거든. 알고 보니 내가 무진장 대단한 사람이었다는 거 아냐. 뭐, 그건 차차 알게 될 거고…… 또 보자고."

휘익!

강천하는 휘파람까지 불며 복도 저편으로 금세 사라졌다.

그렇게 한참이 지나서야 국용진은 정신이 돌아왔다.

"으으…… 또 보자고?"

자신이 미친 게 분명했다.

해서는 안 될 말을 한 것이다.

국용진은 바닥에 흐트러진 자료를 주워 담으며 몇 번이고 심호흡을 내뱉었다.

"후욱, 후욱, 이이 빌어먹을 새끼.. 운 좋게 살아왔나 본데, 내가 호락호락 당할 줄 알아? 감히 제 까짓게 어디서 협박질이야? 증거는 없어. 한국 경찰이 개입할 리도 없지. 그래. 네놈이 날뛰어 봤자 아무것도 못할 거야."

그러나 그의 이런 독심과 희망은 불과 5분이 채 지나지 않아 완전히 사라질 수밖에 없었다.

침을 꿀꺽 삼키며 대기하고 있던 그의 눈앞에 드디어 모습을 드러내는 사장 그룹.

총수 일가의 두 형제와 본사의 고위 간부진이었다.

국용진은 감히 얼굴조차 마주하지 못한 채 구십 도로 허리를 숙였다.

"어서 오십시오. 영업부를 맡고 있는 국용진입니다. 이쪽으로 모시겠습니다."

직접 문을 열고 극진한 자세로 인사를 한 국용진이 최대한 공손히 본사 일행을 맞이하다가 다시 앞을 보는 찰나, 놀라도 너무 놀라 자신도 의식하지 못한 경악성을 터트렸다.

"허억! 너? 너!"

그는 도저히 자신의 눈을 믿을 수가 없었다.

감히 하늘 같은 대표 이사 김태수의 옆으로 조금 전 자신을 협박하고 사라진 강천하가 뒷짐을 진 채 오만한 자세로 걷고 있는 것이다.

갑자기 소리를 지른 국 부장의 행태에 기막히고 황당하기는 본사의 사람들도 마찬가지였다.

한낱 자회사의 부장 따위가 자신들을 보며 손가락질이라니? 그런데 그 정도가 아니었다.

본사 임원들은 물론 뒤따르던 사원들의 얼굴도 하얗게 탈색됐다.

하필이면 부장의 손가락질이 가장 중요한 손님의 안명을 정통으로 가리키고 있는 것이다.

"저 사람 뭡니까? 설마 여기 직원은 아니겠지요? 감히 저희 그룹의 회장님께 저런 무례를 범하다니 말이오."

투자사의 부사장 자격으로 뒤따르던 리처드 버디가 앞으로 나오며 총수 일가의 형제에게 노기 섞인 질문을 던졌다.

다음 순간, 김태수의 얼굴이 퍼렇게 질려갔다.

"헉, 죄송합니다. 당신들 뭐해! 저 새끼 당장 내보내지 않고!"

바지 사장도 아니고 본사의 임원들도 좌지우지 하는 총수 일가의 직계였다.

당연히 뒤따르던 사원들은 조금도 머뭇대지 않고 국용진의 사지를 잡아챘다.

"……으아아…… 이, 이건 말도 안 돼. 이럴 수는 없어……. 어떻게 너, 너 같은 말단이 거기에 있는 거야? 내가 꿈을 꾸는 건가?"

미친 사람 같은 헛소리가 국용진의 입 밖으로 맴돌았
다.

그러자 사원들은 더욱 황급히 그를 끌어내기 시작했다.

그러나 강천하가 움직이며 사원들의 행동이 잠시 멈칫했
다.

"후후, 저를 다른 사람이랑 착각했나 봅니다. 나이도 좀
있으신 것 같은데 일이 피곤하면 저럴 수도 있죠."

"진심으로 사죄드립니다."

"죄송합니다."

간부들이 분분히 허리를 숙이며 그의 비위를 맞추려고
노력했다.

그래서 그들은 보지 못했다.

국용진을 향해 나직이 달싹거리는 그의 입술을.

"내가 말했지? 알고 보니까 내가 무진장 대단한 사람이
었다고. 후후후."

"으으…… 으으으!"

국용진은 뭔가 말하고 싶은 게 있는 듯 있는 힘을 다해
허둥댔지만 입을 막고 사지를 잡아끄는 젊은 사원들의 힘
을 이길 수가 없었다.

강서린의 입매가 슬며시 뒤틀렸다.

'죽인다고 능사가 아니지.'

죽음은 때론 안식이다. 절망이나 슬픔마저 앗아간다.

경우에 따라 인간은 살아 있을 때 더욱 큰 고통을 느낀다.

회사에서 살아남기 위해 자신의 모든 것을 걸었던 인간.

이런 추태를 부렸으니 이제 저자의 삶은 끝난 것이나 다름없다.

하지만 강천하의 치기 어린 복수는 이게 끝이 아니었다.

'버디가 손을 썼다면 지금쯤 남아난 게 없겠네. 후후.'

부장은 모르고 있었지만 그의 사치스런 아내는 카지노에 빠져 이미 모든 재산을 탕진한 뒤였다. 갚아야 할 빚만 해도 십수억.

퇴직금을 모두 정산해도 턱없이 부족하리라.

회사의 권력자에서 끝없는 밑바닥 인생으로 추락한 국용진.

누구라도 잔인하게 생각하겠지만 지금 강천하를 향한 그의 충실한 종, 리처드 버디의 생각은 달랐다.

'영겁의 고통에 빠뜨려도 시원찮을 벌레를 이 정도로 놓아주시다니…… 신의 가호라도 받은 인간이로군.'

주인의 진면목을 그 누가 알랴!

죽음의 형벌조차도 가볍게 만들어 버리는 이 위대하고

무서운 주인의 권능을!

＊　　　＊　　　＊

검치, 혹은 공경의 의미를 담아 검공이라 높임 받는 남궁
관악의 중국행 여권이 접수됐다는 전갈이 맹 내에 빠른 속
도로 퍼져 나갔다.

동시에 죄인을 압송하는 감찰부의 오귀(五鬼)가 공항으
로 급파됐다는 쉬이 믿지 못할 소문도 퍼지면서 오련맹의
상층부를 뒤흔들고 있었다.

특히 맹주의 독단을 견제하는 입장에 있던 장로원에서는
불같은 고성이 연신 울려 퍼졌다.

"이익! 맹주가 미친 게 분명한 게로군! 어찌 본가의 태상
께 그 더러운 것들을 보낸단 말인가!"

"그러게 말입니다. 미치지 않고서야 검공께 오귀 같은 자
들이라니? 허!"

"흐음, 자자, 진정들 하시고 우선 말씀을 나눠봅시다. 일
단 명분은 맹주부에 있지 않습니까?"

남궁대학 장로의 분성에 제갈세가의 제갈신우 장로가 맞
장구를 치자 평소 신중한 성품으로 유명한 사도세가의 사
도문 장로가 자제를 촉구했다.

"허어! 명분이라니요! 말이야 바른 말이지, 어디 노사께서 양보하지 않았으면 제 놈이 맹주 자리가 가당키나 했단 말입니까?"

성격이 불같기로 유명한 위지문천 장로가 노기를 터트렸다.

이에 사도문은 위지문천의 노성에도 허허 웃으며 일단 자리에 앉자는 분위기를 만들었다.

"자, 일단 앉읍시다. 저 또한 맹주부의 어처구니없는 행태에 왜 화가 나지 않겠소이까. 그렇다고 오귀 같은 자들이 검공께 털끝 하나 해를 끼칠 수 있는 것도 아니지 않소이까?"

"큼!"

"커험!"

장로들은 제각기 헛기침을 하며 자리에 앉았다.

사도문의 말처럼 맹주부의 행태에 진노가 치미는 거지, 누가 있어 중원제일의 검이라는 남궁 노사의 상대가 되겠는가?

상식적으로 맹주부의 직속 고수들의 모두 나선다고 해도 코웃음을 쳤으리라.

"하긴 그건 그렇지. 북궁가의 어린 놈들이 어찌 알겠소이까? 초인이신 검공의 능력을 말이외다."

자신들만큼 초인의 진정한 신위를 아는 사람도 없을 터였다. 모두가 이런 눈빛을 나누자 분위기는 급속도로 진정됐다.

　"그건 그렇고 북궁 장로님께서 늦으시는 것 같습니다. 그분께서 계셔야 맹주부가 돌아가는 사정을 들을 수 있을 터인데."

　제갈신우의 언급에 장로들은 인상을 찌푸리며 서로를 돌아봤다.

　그도 그럴 게, 현 북궁세가의 대장로인 북궁대로는 공명정대한 호인으로 유명했다.

　그런 기질 만큼, 맹주가 같은 가문 소속이라고 해도 대의적인 입장에 서길 주저하지 않았고, 맹주부의 독단이 심해진 요즘에는 오히려 장로원의 편에 서고 있었다.

　북궁세가 출신이 대부분의 요직을 차지하고 있는 맹주부인 탓에 그나마 북궁대로가 포섭한 소수파가 없었다면 많은 지난함이 있었으리라.

　"흐음? 저기 오시는 것 같소이다."

　가장 무공 경지가 높은 위지문천이 기꺼운 신색을 하며 모두에게 말했다.

　과연 그의 말대로 얼마 지나지 않아 장로원의 문이 열리고 누군가 안으로 들어왔다.

그러나 장로들의 안색은 오히려 훨씬 나빠졌다.

특히 남궁대학 장로의 어조는 딱딱하다 못해 싸늘하기까지 했다.

"북궁신재 장로께서 여긴 어인 일이신가?"

"허허, 그렇게 됐습니다. 대장로님께서 갑자기 병환을 앓으셔서 말입니다. 장로원의 법도에 따라 이 사람 북궁신재가 대장로님이 쾌차하실 때까지 그 자리를 대신할까 합니다."

결코 적은 연배는 아니지만 여기 있는 대장로들과 비교하면 한 배분 이상 떨어지는 자가 지금 등장한 북궁세가의 북궁신재 제2장로였다.

장로원의 규칙을 떠나 그 연배만 따져도 함부로 끼어들 위치가 아닌 것이다.

때문에 남궁대학이 기막히다는 투로 물었다.

"이게 지금 무슨 망발인가? 정정하신 북궁가의 대장로께서 병환이라니?"

"그거야 연로하셔서 그런 것이 아니겠습니까? 이 사람한테 물으셔도 의원이 아닌데 뭐라고 하겠습니까?"

북궁신재의 느물한 대꾸는 재차 모두를 어이없게 만들었다.

"이놈! 네놈이 맹주부와 결탁한 것은 내 익히 알고 있으나 여기가 어디라고 감히 망발을 늘어놓는 게야!"

위지문천 장로가 벼락같은 노성을 터트렸다. 당장이라도 손을 쓸 기세였다.

평상시라면 다른 장로들이 나서서 그를 말렸겠지만 이번 만큼은 한결같이 노기를 띠고 있었다.

북궁신재는 그런 대장로들을 보며 내심 차가운 비웃음을 지었다.

'어리석을 퇴물들. 오늘부로 오대 세가의 시대는 저물고 오로지 대북궁가만이 드높을 것이다.'

그나마 작은 걸림돌로 작용했던 북궁대로와 그 일당들도 숙청됐다.

이제 이들 장로원만 정리하면 맹주부의 뜻에 거역할 자는 아무도 남지 않을 것이다.

북궁신재는 더 이상 볼일이 없다는 듯 고개를 한 번 까닥하고는 말했다.

"마땅치 않으신 것 같아 이 사람은 이만 물러가 보겠습니다. 허면 네 분께서 어디 잘해보시지요."

"저, 저!"

분기탱천한 위지문천이 벌떡 일어났으나 무엇 때문인지 그는 씩씩거리며 닫히는 문을 노려볼 뿐이었다.

그렇게 북궁신재가 나가고 나자 남궁대학의 굳은 눈길이

사도문 장로에게 닿았다.

"위지 장로께서 가만 계시면 노부가 나서서 저자의 버릇을 고치려고 했소이다. 헌데 굳이 전음까지 보내 우리를 말린 연유가 무엇이오?"

"심상치 않습니다. 맹주부가 아니라 북궁세가에서 이번에 단단히 뭔가를 꾸민 모양 같습니다. 그렇지 않고서야 차석 장로인 저자가 저리 나올 담량이 없지요."

사도문의 침중한 어조를 들은 제갈 장로가 이어서 부언을 달았다.

"지금 저자의 도발에 넘어갔으면 준비할 시간을 뺏겼을지도 모르겠습니다."

"……?"

"맹주부에서 오귀를 검공께 보냈습니다. 또한 공교롭게도 지금 같은 때에 북궁대로 장로께서 변을 당하신 듯합니다. 이게 무얼 뜻하겠습니까?"

"허어!"

좌중의 분위기가 급속도로 냉각됐다.

같은 순간,

마치 하늘의 장난처럼 이들의 심정에 쐐기를 박는 소리가 문 밖에서 들려왔다.

"급보입니다! 맹주부의 긴급 호출을 받고 각 세가의 가주께서 맹으로 오고 계시다는 전갈입니다!"

대장로들의 눈이 찢어질 것처럼 커졌다.

급보도 보통 급보가 아니었다.

CHAPTER **04**

민혜설

오련맹 감찰부 소속이지만 오귀라는 암호명을 따로 가진
이들 다섯은 실로 무서운 암살 실력을 보유하고 있었다.

각자가 야차의 암호명을 가진 오귀는 맹을 배반하거나
살생부에 오른 인물을 처결하는 집행자로서 오랫동안 무서
운 명성을 떨치고 있었다.

오귀의 대형인 불귀야차는 오랜만에 진땀나는 긴장감을
맛보고 있었다.

암살 실력을 떠나 절정에 달한 무위를 가진 그였으나 이
제 곧 대면할 상대는 그런 정도의 수준이 아니었다.

평상시라면 감히 올려보지도 못할 위대한 무인을 상대하기 위해 나온 것이다.

그러다가 불행인지 다행인지 전혀 상상치 못한 보고가 그의 귀에 들려왔고 불귀야차는 흠칫 놀라지 않을 수 없었다.

[대형, 아무래도 우측 통로에 있는 자가 의진상가의 가주인 민중상 같습니다.]

불귀야차는 곧바로 주변을 살폈고 곧이어 막내의 보고가 사실임을 확인했다.

그는 정말 의진상가의 주인인 민중상이었다.

소림사 속가 출신으로 권각의 고수이기는 하지만, 무공 실력보다는 공평무사한 성격과 상도덕을 철저하게 지키는 거상으로 유명해진 인물이었다.

그는 폭넓은 교분으로 인하여 현재 중국 상계의 정신적 지주 중 한 사람으로 꼽히는 거물이었다.

특히 그는 자신의 사문인 소림을 위하기로도 유명했는데 소림을 위해서라면 수만금을 아끼지 않았다.

그런 그가 사람을 시키지 않고 몸소 공항까지 달려와 누군가를 기다린다는 건, 보나마나 사문과 관련된 일일 것이고 이게 불귀야차를 꺼리게 만든 것이다.

'소림사와 관계된 일이라면 구정회의 고수들이 주변에

있을 수도 있다.'

불귀야차는 더욱 민감하게 주변을 훑었다. 그러다가 천우신조로 민중상과 관계된 또 다른 인물을 찾아낼 수 있었다.

불귀야차는 자신도 모르게 가슴을 쓸어내렸다.

'휴, 하마터면 큰일 날 뻔했구나.'

민중상에게는 자신보다 유명한 딸이 하나 있었다. 중국 침맥종의 거두이자 북경약방의 주인인 의성 이정의 수제자로, 미모와 배경, 뛰어난 의술로써 중국내 차기 권력자들의 모임이라는 잠룡회에 소속된 민혜설이었다.

그녀는 의술뿐만 아니라 무학에 있어서도 대단한 실력을 갖추고 있다고 알려져 있다.

또한 자타가 공인하는 무림제일인 성승 합비와 구정회의 회주인 잠룡무제 백무성의 귀애를 받는 여자로도 유명했다.

때문에 그녀의 짝이 되는 사내가 장차 중국의 최고 권력자가 될 거란 소문도 무성하게 들릴 정도였다.

'곤란한 일이로군……'

불귀야차는 냉정한 표정을 짓고 있긴 했지만 속으로는 내심 기분이 착잡했다.

이렇게 되면 자신들이 직접 나서기가 힘들었다. 그렇다

고 나서지 않을 수도 없는 게, 맹주가 자신들을 보낸 이유가 명확한 탓이었다.

검치를 도발하여 곧바로 맹으로 향하게끔 하는 것.

도발이라고 해봤자 언감생심 대들 상대는 아니었다. 다만 오귀가 지닌 악명이 검치를 자극하기에는 충분했다.

문제는 민혜설이 여기 있다는 건, 구정회 소속 호법원의 고수들이 인근에 깔려 있다는 사실을 의미하는 것과 다름없었다는 부분이었다.

아무리 조심한다고 해도 구정회 최고의 정예로 구성된 호법원의 고수들이라면 자신들의 정체를 금세 파악할 것이다. 검치는 말할 것도 없었다.

검치가 오귀와 함께 맹으로 돌아갔다?

이 정도 정보가 구정회에 들어간다면 맹주의 대계에 지장이 생길지도 모르는 것이다.

불귀야차가 이런 고민에 빠져 결정을 내리지 못할 때, 강서린과 그 일행을 태운 전용기가 드디어 공항 활주로에 내려앉고 있었다.

"며칠만 말미를 주게나. 그 안에 맹의 일을 수습하고 그곳에 같이 감세."

남궁관악은 이곳으로 향하는 줄곧 수시로 강서린을 찾아

가서 이 같은 말을 반복했다.

듣는 척 마는 척 무시하던 강서린의 얼굴에 기어이 짜증 섞인 표정이 그려질 만큼 남궁관악의 노력은 끈질겼다.

"마음대로."

존장을 향한 예의라고는 일절 없는 반응이었으나 남궁관 악은 오히려 만족스런 웃음을 짓기까지 했다.

"허허, 분명 그리 말한 걸세."

남궁관악으로서야 기분 나쁠 턱이 없었다.

소드 마스터 강서린은 강자를 예우하지 않는다.

현존하는 모든 강자가 그보다 약하니까.

단, 한 번 내뱉은 말은 철저히 지키는 성격으로 알려져 있었다.

이미 그 같은 성격을 한 번 체험한 적이 있던 남궁관악은 자신이 만든 결과에 심히 만족스러웠다.

강서린은 그런 남궁관악의 모습을 보며 내심 가볍게 혀 를 찼다.

'쯧, 세상물정을 모른다고 해야 하나.'

이 검치란 늙은이는 강자다.

그러나 사람인 이상에야 아무리 강하다고 해도 한계가 있는 법이었다.

검치라는 강자를 상대하기 위해 그의 적들 또한 만반의

준비를 갖췄을 것이다.

그리 되면 초인이라 불리는 강자라도 속절없이 무너질 수 있었다.

유일한 예외가 있다면 오직 자신뿐.

그는 스스로가 그런 위험을 더욱 강한 힘으로 처부술길 반복했다. 자신의 앞에 적이 사라진 이유였다.

그래도 남궁관악이 타인보다 강한 힘을 휘두르며 간교하기까지 한 자들보다야 낫기에 강서린은 일단 장단을 맞춰 준 셈이었다.

*　　*　　*

민중상이 귀빈의 입국 시간을 확인하고 막 움직이려 할 때였다.

갑자기 선글라스를 쓰고 깔끔한 정장을 입은 청년이 가벼운 걸음으로 다가오는 것이다.

"응?"

어디서 많이 본 모습이다. 잠시 고개를 갸우뚱하는 그의 귀로 맑고 청아한 목소리가 울렸다.

"아빠, 도와드리러 왔어요."

민중상은 자신의 귀를 의심했다.

'설이의 목소리가 아닌가?'

분명히 자신의 딸인 의봉 민혜설의 음성이었다. 그는 급히 청년의 얼굴을 뜯어보았다.

잘생긴 꽃미남 같던 청년의 분위기가 어느새 귀여운 미소녀의 인상으로 바뀌어 있었다.

계란형 얼굴 윤곽에 하늘거리는 귀밑머리, 혜지로 반짝이는 큰 눈, 그리고 오밀하게 솟은 코와 도톰한 입술.

천혜미인(天鞋美人)이란 이런 얼굴을 두고 하는 말이리라.

그녀를 확인한 민중상의 얼굴이 창백하게 질렸다.

"대체 네가 왜 여기에 있는 거냐?"

"그야 아빠가 걱정돼서 쫓아온 거죠."

"뭐? 내가?"

"그럼요. 제가 아니면 누가 아빠의 일을 거들겠어요."

민중상의 얼굴이 대번에 창백해지고 말았다.

다른 때 같으면 명석한 딸의 도움을 기꺼이 받아주겠지만, 지금은 사문의 중대차한 명을 받고 나와 있는 중이었다.

그는 당혹스런 표정으로 딸을 보며 말했다.

"애야, 이번만큼은 그러지 않아도 된단다. 지금 이 아비가 무슨 일을 하는 줄 알고 이러는 게냐?"

"그럼요. 소녀가 설마 그것도 모르고 왔을까요."

울상이 된 민중상이 타이르듯 그녀에게 일렀다.

"누구에게 들었는지 몰라도 이번 일은 귀빈을 접대하는 일이란다. 네가 거들 일이 아니야."

민혜설이 딴청을 피우며 애교스럽게 물었다.

"아빠, 아빠는 저보다 한국말을 잘해요?"

뜻밖의 질문에 놀란 민중상이 약간 멈칫하다가 대답했다.

"그건 아닌데…… 귀빈이 한국에서 오시는 것까지 알고 있었느냐?"

"사숙께서 먼저 알려주신 걸요?"

"장, 장문사형께서……."

점점 대답이 궁해지는 그에게 유혜선의 확고한 어조는 계속되고 있었다.

"귀빈은 한국 분이신데 아빠는 한국말을 잘 못하죠. 그렇다고 저보다 무공이 센 것도 아니잖아요?"

민중상은 더 이상 아무 말도 못하고 어깨를 축 늘어뜨렸다. 신이 난 민혜설이 귀여운 포즈를 취하며 말했다.

"그것 봐요. 그러니까 당연히 제가 아빠를 돌봐드려야 하지 않겠어요?"

민중상은 한숨을 푹 내쉬었다. 딸의 말이 너무나 지당했기 때문이다.

사실 사문에서 부탁한 중대차한 일이고 워낙 보완에 신경 써달라는 말을 들은 터라 번잡한 경호원이나 통역을 일체 부르지 않았다.

그래도 만국공용의 언어라는 게 있으니 굳이 말이 통하지 않아도 귀빈을 보필하는 데는 크게 무리가 없을 거라고 생각하고 있었다.

하지만 아무래도 딸이 나서는 것보다는 못할 게 당연했다. 딸인 민혜설은 언어는 물론이고 한국 문화에도 능통했다.

그렇다고 여타의 평범한 집안처럼 연약한 계집을 운운하며 쫓아낼까? 씨도 안 먹힐 소리였다.

그 역시 소림의 진혈을 잊고 있지만 민혜설은 소림과 당대 침맥종의 뿌리인 전진의 진혈 모두를 잊고 있었다.

이는 거의 유래가 없는 경우로 내공만 따지면 구정회의 장로급 인물들조차 그녀보다 떨어질 정도였다.

하긴, 약 1갑자의 내공을 품고 있는 진혈의 효능을 생각한다면 당연한 결과라고 말할 수 있을 것이다.

뿐만 아니라 또한 무림 최고의 고수들에게 사사받아 약관의 나이에 누구도 무시 못할 경지에 올라 있었다.

* * *

전음(電音).

선택받은 혈손들. 진혈만이 가능하다는 상고의 수법 중 하나로 알려져 있다.

그러나 진혈의 협조자들, 진혈이 가하는 진기 이맥의 수법으로 내공을 품게 된 무인 중에서는 이를 기반으로 오랜 고련을 통해 전음이 가능할 만큼의 내공을 쌓은 무인도 있었다.

물론 출발점의 한계가 있으니 늙어 죽을 때까지 내공을 닦아도 진혈에는 미치지 못하지만 일반적인 분류에서는 충분히 대단한 존재기에 중국의 지하 무림은 이런 경지의 무인을 일컬어 상급(上級)의 고수라 호칭했다.

오귀는 진혈은 아니지만 능히 다섯 모두가 상급 고수에 해당하는 경지에 도달해 있었다.

특히 대형인 불귀야차는 웬만한 진혈보다 내공 운용이 뛰어난 절정의 내가 고수였다.

강서린은 입국장에 들어서며 총 두 부류의 무인이 있음을 파악했다.

그리고 매우 은밀하게 이쪽을 보는 자들 중 한 명이 전음이랑 수법을 검치에게 사용하는 걸 포착했다.

[맹주부의 명을 받들고 무상을 모시러 온 감찰부의 불귀야차라고 합니다. 저희와 함께 가주셔야겠습니다.]

정중한 것 같지만 그 내용만 놓고 보면 강압적인 투가 역력한 음성의 파동.

강서린의 눈빛이 달라졌다.

'역시나 그렇군.'

하이에나 무리가 찾고 있던 범이 자신의 소굴로 들어왔는데 이 기회를 놓칠 리가 없었다.

물론 범은 본래 자신의 둥지가 하이에나에게 장악된 줄 모르고 도발에 응할 것이다. 범처럼 강한 자들은 대체로 그러했다.

아니나 다를까, 검치의 거뭇한 눈썹이 지렁이처럼 꿈틀거리며 휘어지고 있었다. 노기를 억지로 참고 있는 모양새였다.

입국 절차가 끝나자마자 남궁관악은 짐짓 태연한 척 말했다.

"아무래도 지금 맹으로 돌아가 봐야겠네. 자네와 밥이라도 먹고 움직일까 했는데 우리 쪽 사정이 급해진 듯하이. 일이 정리되는 대로 자네가 머문다는 호텔로 찾아가겠네."

"그러십시오."

강서린은 가볍게 승낙했다. 또한 기존처럼 예의를 잃지도 않았다.

주변에 사람들이 있는데 둘만 있을 때처럼 강자 대 약자로만 노인을 대할 만큼 막돼먹지 않았다.

노인이라고 하기에는 터무니없는 속도로 남궁관악이 순식간에 일행의 시야에서 멀어졌다.

남궁관악이 사라진 직후, 간발의 차이로 일행을 발견한 민중상이 딸과 함께 빠른 걸음으로 다가왔다.

"어서 오십시오. 귀빈! 소림의 제자인 민중상이라 합니다. 여기서부터는 이 유모가 모시겠습니다."

나름 유창하게 준비한 인사말이지만 발음이 어색한 건 어쩔 수 없었다.

그런 면에서 이어진 민혜설은 한국 사람이라도 해도 믿을 만큼 유창했다.

"성승 할아버지와 절친하신 분이라고 들었어요. 저는 이분의 딸이자 할아버지와 친조손간이나 다름없는 민혜설이라고 합니다. 중국은 넓지만 제게 말씀하시면 최고의 명소들로 골라서 안내해 드릴게요."

초면인데도 상대의 친분과 자신의 친분을 꺼내 동질감을 주며 인사를 건네는 그녀의 행동은 누가 봐도 호감이 갈 만큼 명석했다.

"환대에 감사드립니다. 강서린입니다."

민중상의 인사에 응대한 강서린은 곧이어 민혜설을 마주 보더니 보더니 빙긋 미소 지었다.

"훗, 안내라……. 기대하겠습니다."

"네! 이쪽으로 오세요."

한국어에 능통한 민혜설은 자신에게 향한 말이 매우 투박하다는 걸 알았지만 그녀 역시 또래의 젊은이들처럼 한국에 적잖은 동경을 갖고 있었다. 그래서인지 오히려 신이 나는 기분이었다.

딸이 신이 나서 먼저 앞장서자 민중상이 얼떨떨한 얼굴을 급히 뒤따랐다.

아마 그가 귀가 조금 더 밝고 한국말에 능통했다면 뛰다 말고 화들짝 놀랐을지도 모르겠다.

"헐, 도련님께서 웃으시네요. 원래 여자에 약하신 편입니까?"

"절대 아니에요. 이번 백아영 아가씨의 일도 얼마나 충격적이었는데요. 이거 아영 아가씨의 경쟁자가 생길지도 모르겠는데요?"

"헉! 그럼 큰일 아닙니까? 도련님께서 국제 연애라니!"

손지연과 대화하던 박건욱이 팔짝 뛰며 난감한 얼굴로 돌변했다.

워낙 말수가 없고 타인에게 무관심한 도련님. 그러나 자타가 공인하는 최강의 사내이기에 그 영향력은 이루 말할 수 없이 지대한 존재.

그런 개념으로 똘똘 뭉친 사람이기에 박건욱의 이런 우려도 무리는 아니었다.

*   *   *

북경의 최상급 호텔에서 식사를 마친 일행은 강서린이 움직이지 않는 이상 딱히 정해진 일정이 없었고, 그래서 잠시 휴식 시간을 갖고 있었다.

그런데 공항을 나서며 했던 박건욱의 과장된 우려(?)가 정말로 현실이 됐다.

호텔 로비에서 다정하게 걸어 나가는 두 사람. 경호원이 따라 붙어야 정상이지만, 그 대상자인 강서린이 단호하게 거부했다.

물론 그렇다고 영식의 경호대가 정말로 경호를 중지할 수는 없었다.

영식 본인이 거부한다 해도 그에 대한 경호는 법이 정한 강제성을 띠고 있는 것이다.

그러나 이 경호의 주체가 되어야 할 경호실장 박건욱은

속으로 착잡한 심정을 가누지 못하고 있었다.

'이러다가 정말 국제 연애라도 하시는 거 아닌가 모르겠구나.'

누구보다도 일이 이렇게 진행되는 걸 막아야 할 자신이 정작 도련님의 행동을 막지 못했다.

오히려 치우회의 소속 신분을 가진 직속 수하들과 도련님을 수행하는 것처럼 거짓 상황까지 만들어야 했다.

물론 그 정도는 얼마든지 할 수 있었다.

여러 의미에서 박건욱은 공무원 신분, 그 이전에 강서린의 보좌로서 자신의 입장을 굳혀 가고 있었다.

그렇다고 도련님의 안위를 걱정한다?

얼마 전이면 몰라도 도련님과 스승님의 비무 같지 않은 비무 이후에 이런 생각을 완전히 접을 수밖에 없었다.

인정할 수밖에 없던 것이다. 손지연에게 들었던 그의 진실한 힘을.

그가 걱정하는 마음은 단 하나.

'청와대의 두 분 어른도 그렇지만 스승님이 아시면 경을 치겠구나.'

대외적으로는 대통령의 외동아들이고 실질적으로는 자그마치 한국 출신의 세계 최강자다.

정말 만약에라도 도련님이 민혜설이라는 여인에게 반했

다면 뒷목을 잡고 쓰러질 사람이 여럿 되는 것이다.

*　　　　*　　　　*

일성 그룹과 테슬러의 일차 협상은 성공리에 끝이 났다.

시작도 전에 불미스러운 일이 있었지만, 테슬러 측 최고 결정권자인 강천하가 일성 실무진의 브리핑에 별다른 이견을 달지 않음으로써 회의는 무난하게 끝이 났다.

그래도 더욱 중요한 2차 최종 협상이 남아 있기에 일성 측의 노력은 실로 눈물겨울 정도였다.

하룻밤 이용하는 데 삼천만 원이 넘는다는 최고급 요정의 별체.

여배우 뺨치는 미녀들이 속이 훤한 나삼을 입고 악기와 춤으로 흥을 더하고 있다.

김태호와 김태수 형제는 안 해본 것 없이 놀아본 재벌 2세답게 아주 제대로 끈적거리는 분위기를 만들고 있었다.

가장 상석에 앉은 강천하는 미녀 무희의 무릎을 베개 삼아 반쯤 누운 채 술잔을 들었다.

"헛! 한 잔 받으십시오."

그래도 형으로서 사회 경험이 더 풍부한 김태호가 동생보다야 훨씬 접대 실력이 좋았다.

김태수도 평소와는 달리 바짝 자신을 낮춘 채 상대의 눈치를 보느라 여념이 없었다.

없는 사람들에게는 하늘처럼 굴던 두 형제지만 자신들의 앞날이 달린 일에는 비굴할 정도로 이기적인 모습이다.

"아아, 잠시들 나가봐."

누구 명이라고 거역하겠는가? 강천하의 한마디에 미녀들은 조심스럽게 뒷걸음질 치며 별채를 나갔다.

접대에 성공했다는 생각으로 들떠서 놀고 있던 일성 그룹의 두 형제는 정신이 번쩍 들었는지 불안한 눈빛으로 그를 보다가 형인 김태호가 조심스럽게 물었다.

"이사님, 불편하신 것이라도 있으십니까?"

"아니, 아닙니다. 그냥 두 분께 묻고 싶은 말이 생겨서요."

"말씀만 하십시오. 뭐든지 대답하겠습니다."

강천하는 피식 웃으며 김태호에게 질문했다.

"김 실장님이 가장 원하는 것은 뭡니까?"

"그런 거라면…… 꿈이나 소원 말씀입니까?"

"뭐, 비슷하다고 해두죠. 다만 목숨을 걸어도 아깝지 않다는 전제가 붙는다면…… 그 정도 수준의 원하는 바를 말하는 겁니다."

가진 게 많은 사람일수록 자신의 목숨이 가장 귀한 법이었다. 때문에 강천하는 이어질 대답에 별다른 기대는 하지 않았다.

그는 진즉부터 이들의 눈에 도사린 어두운 갈망을 읽고 있었다.

하지만 그 갈망을 이루기 위해 이 이기적인 재벌 2세들이 목숨을 버릴 정도라는 보장은 없는 것이다. 그런데 들려온 대답은 매우 예상 밖이었다.

"세계에서도 알아주는 일류 기업을 만드는 게 제 소원입니다."

"저 역시 형님과 같습니다. 부모님이 물려주시는 재산으로 저만의 사업장을 만드는 게 가장 큰 꿈입니다."

'호오, 이것 봐라?'

대답의 내용은 예상했던 그대로다.

그런데 심상찮게 이상한 점이 있었다. 자신의 목소리에는 사명력이 깃들어 있었다.

대단한 정신력을 발휘해 억지로 거부하지 않는 이상에야 아주 마음에 없는 소리를 할 수는 없는 것이다. 갈망이란 일종의 욕심.

그것은 말로 표현하는 행위만으로도 미약하지만 어느 정도 충족이 되는 것.

그런데도 갈망의 크기가 그대로다? 더욱이 두 사람 모두?

이런 경우는 단 하나밖에 없었다.

강천하의 상체가 비스듬히 올라갔다. 그의 동공이 번뜩이며 두 형제를 담아냈다.

'지독한 원한이 새겨져 있구나. 갈망을 뒤덮을 만큼. 게다가 둘 다에게 해당되는 건가.'

다만 저들의 자아가 복수를 포기한 게 확실했다. 그렇다면 시간의 흐름에 따라 원한도 지워지리라.

그 자리를 다시 하잘 데 없는 갈망이 채울 것이고.

강천하의 만면에 잔혹한 미소가 떠올랐다.

'후후, 그렇게 둘 수야 없지.'

다크로드인 그에게 행운이란 단어는 맞지 않지만 인간 강천하로서의 행보에는 분명 행운이 따른다고 해도 틀린 말이 아닌 것 같다.

"그게 진심은 아닐 텐데요? 복수를 원하지 않습니까?"

그는 계약의 주관자. 합당한 대가를 지불할 자.

그는 어둠의 주인. 파멸과 죽음, 절망의 지배자.

그는 영혼의 본질을 볼 수 있는 자.

그 앞에 서면 벌거벗으리.

피조물의 나약한 정신은 벌벌 떤다. 동시에 골수에 새겨져 표출되지 않던 악에 바친 원한이 이들의 입술을 비집고 천천히 새어 나왔다.

"으으으, 그렇습니다. 저는 복수를 원합니다!"

"으으, 저, 저도 복수를!"

이로써 두 형제의 앞에 진실로 복수를 이뤄줄 수 있는 기적이 도래하였다.

이들을 향한 강천하의 분위기가 백팔십도 달라졌다. 현세에 도래한 계약의 주인.

그 절대적인 위엄과 기휘가 나약한 두 사람의 자아를 옭아맸다.

"들. 어. 주. 겠. 다."

김태호, 김태수 두 형제의 입이 짝에 맞춘 것처럼 동시에 한 목소리를 냈다.

"놈을!"

"놈을!"

강천하의 입매가 이죽거리며 올라갔다.

"역시 복수였군. 들어주지. 이뤄주마. 대가는 너희의 생명, 운명, 영혼일지니……."

속삭임과 동시에 펼쳐지는 광경은 그날의 치욕적인 기억들.

"바칩니다!"

"바칩니다!"

두 형제가 넙죽 엎드리며 광기에 찬 맹세를 한다.

"계약은 이루어졌다."

강천하는 어둠이 흐르는 손길로 두 형제의 머리를 축원했다.

이로써 두 형제가 가지고 있던 원한의 사념은 이들의 주인 된 자, 강천하의 영안에도 투영될 것이다.

"아니?"

강천하는 자신도 모르게 눈살을 찌푸렸다. 그렇게 한참이나 뭔가를 생각하듯 침묵하다 이윽고 목구멍을 비집는 웃음을 흘려냈다.

"크크큭, 이거 참 재밌어. 설마 낮에 본 그 녀석이 이 다크로드의 권능에 대항할 수 있는 유일한 존재라는 건가?"

그는 이미 죽음에서 태어나 인과율을 벗어던진 존재.

정확히 말하면 인과율을 찢는 어둠의 사슬.

그런 그에게도 어둠에서 본 단 하나의 계시만큼은 간과할 수 없었다.

바로 검!

이글이글 타오르는 빛나는 검!

강천하의 눈빛이 달라졌다. 어둠의 광망이 서서히 솟구치는 그의 눈빛에는 세상의 귀기가 몽땅 들어찬 것 같은 어둠만이 들끓었다.

"과연 그러니까 한낱 인간 주제에 내게 그 정도의 인상을 남겼겠지."

두 형제의 복수를 통해 그가 바라본 자는 자신 못지않게 오만한 눈으로서 세상을 굽어보는 존재.

"쿠쿠쿡, 오만하게 빛나는 검이여. 인과율이 당신과 나를 묶어주는구나. 그렇지. 이 다크로드가 그대 앞에 서는 순간을 고대하라. 나 강천하가 너를 삼키고 최후의 인과율을 찢어 진정한 초월자가 되겠노라."

대기가 흔들린다. 그 안에 녹아 있는 대자연의 기운이 죽음의 권능에 밀려 비명을 지른다.

그로 인한 파동은 공간을 격하기에 충분할 만큼 강렬했다.

뜨득!

강서린은 불현듯 느껴지는 불쾌한 감정에 하마터면 달리는 차 안의 문짝을 후려칠 뻔했다.

'기분 탓인가? 하긴 이렇게 화가 나기는 정말 오랜만이니까 그럴 수도 있겠어.'

강서린은 갑작스런 감정의 동요를 합리화했다.

그는 단 한 번도 감정에 휘둘린 적이 없기에. 감정 자체에 솔직히 반응하는 것과 자아가 흔들리는 것은 그에게 있어 전혀 별개의 개념인 것이다.

어쨌든 잠시지간 벌어진 심적 동요가 조금이지만 그의
심사를 불편하게 만들었고 그만큼 임페리얼 퀀텀을 향한
인내심이 짧아지고 있었다.

*　　　*　　　*

강서린도 사람이다. 단지 쓸데없는 감정 표현을 하지 않
을 뿐이다.

그 역시 민혜설처럼 발랄한 미녀의 호의에 썩 유쾌한 기
분이었다.

"괜찮군."

그의 한마디가 마음에 들었는지 민혜설의 얼굴에 싱그러
운 미소가 꽃폈다.

"주문하신 대로 은밀하게 차를 준비했어요. 시간이 없어
다른 차를 수배하기보다 제 애마를 가져왔는데 마음에 드
세요?"

꽤나 눈에 띄긴 하지만 매끈한 진주색 포르쉐가 상가 건
물에 주차되어 있었다.

이를 향한 강서린의 표정에 살짝 흥미가 동했다. 그는 개
인적으로 포르쉐의 주행 감을 좋아하는 편이었다.

"파나메라인가?"

"어머? 포르쉐에 대해 잘 아시나 봐요? 해외 출시 전 모델이라 아는 사람이 별로 없는데 바로 알아보시네요."

민혜설은 볼에 보조개가 파일 만큼 새롭다는 반응이었다.

"차고에 있더군."

"정말요? 파나메라가요? 저도 얼마 전에야 선물 받았는데……."

"첫 수출차라고 들었다. 한 3개월 전쯤 받았지."

강서린의 대수롭지 않다는 대답에 민혜설은 깜짝 놀라는 표정을 지었다.

"와아, 3개월 전이면 일호 차가 분명한데! 일호 차가 한국이나 일본 쪽으로 간 것 같다고 하더니……. 차 좋아하는 제 친구들이 들으면 입에 거품을 물고 달려올 거예요. 아마도."

명품 자동차 브랜드의 해외 수출 일호라는 타이틀은 재력가라면 누구나 탐내는 수집품이었다.

그러니 일호 차는 웬만한 재벌가의 자제라도 구하기 힘들었다.

민혜설은 새삼 이 한국 사내의 진정한 신분이 궁금해졌다.

만약 장문 사숙의 신신당부가 없었다면 참지 못하고 캐

묻고 싶을 정도였다.

아무튼 자기 자신도 신기할 만큼 흥미가 진해지는 기분
이었다.

"호호, 아무튼 반갑네요. 같은 차를 타니까요. 직접 운전
하실래요? 길 안내는 재대로 해드릴게요."

"아니, 내게는 카이앤이 맞더군. 운전 실력이 나쁘지 않
다면 직접 하도록."

"어머머! 카이앤도 좋은 차지만 파나랑 비교하시면 안 되
죠! 그리고 저 이래 보여도 아마추어 레이싱에서 스피드의
여왕으로 불린다고요. 자, 타세요!"

강서린은 피식 웃으며 곧바로 옆자리에 몸을 뉘었다. 고
작 운전대나 잡으려고 생전 처음 온 북경 시내를 헤치고 다
닐 만큼 열성적인 그가 아니었다.

일견하기에 남자답지 않다고 보일 수도 있지만, 이미 그
를 향한 민혜설의 생각은 전혀 다른 데에 꽂혀 있었다.

민혜설은 운전대를 잡으며 묘한 눈빛으로 강서린을 훔쳐
봤다.

'지금도 귀신에 홀린 기분이야.'

한 15분 전이나 됐을까?

자신의 호텔방에서 막 샤워를 준비하고 있었는데 느닷없
는 사내의 음성이 들려왔다.

진검을 들고 싸워도 눈 하나 깜짝하지 않을 만큼 무공 실력이 뛰어난 그녀였지만 이때만큼은 너무 놀라서 악! 하며 주저앉고 말았다.

다행히 고명한 의원이기도 한 그녀는 놀라거나 당황할수록 침착해지는 경향이 있었다.

정신을 차린 그녀는 어렵지 않게 자신에게 닿은 목소리의 내용을 곱씹었다.

[할 말이 있다. 커피숍에서 보도록 하지.]

정확히 한국말이었다.

떠오르는 사람이 있었다.

민혜설은 조금 머뭇거렸으나 이내 결심한 얼굴로 커피숍에 나갔고 그곳에서 종이 텀블러를 든 채 창밖을 보는 '그' 사내를 발견했다.

사내는 자신을 보더니 매너 있게 커피를 주문했고 잠시 말이 없다가 천천히 운을 뗐다.

[어디든 안내하겠다고 들었다.]

민혜설은 조금 엉겁결에 대답했다.

[네. 그랬죠.]

[오련맹. 알고 있겠지?]

[네에? 갑자기 거기는…….]

[알고 있나?]

[그, 그거야······.]

[안다는 얼굴이군. 오련맹으로 안내를 부탁하지. 일행 모르게 차를 준비해 줬으면 좋겠군.]

민혜설은 어이가 없었다. 차라리 구정회라면 이해가 갔다.

자신이나 아빠가 여기 있는 자체가 눈앞의 귀빈이 구정회의 윗분들과 친분이 있다는 증거니까.

그런데 오련맹은 구정회와 썩 사이가 좋은 집단이 아니었다.

하물며 구정회의 귀빈이 느닷없이 오련맹에 가자니? 그것도 일행 몰래 안내하라는 요구를 하며.

[아니, 이봐요. 갑자기 거기는 왜 가자는 거예요?]

약간의 당혹스러움과 약간의 의아함이 섞여 그녀의 말투는 대번 날카로워질 수 밖에 없었다. 그런데 들려온 대답은 그녀의 상식선을 훨씬 넘어섰다.

[검치라고 아나?]

[검치요? 검치라면 남궁가의······.]

[그래. 그 늙은이가 함정에 빠졌다.]

이때만큼은 영민한 민혜설도 꿀 먹은 벙어리처럼 할 말을 잃어버렸다.

[설명이 더 필요한가? 안내하기 싫으면 하지 않아도 된다.]

[아, 아니에요. 할게요.]

그녀의 아버지인 민중상이 이런 두 사람의 대화를 들었다면 제아무리 사숙이 당부한 귀빈이라 해도 절대 가만있지 못했을 것이다.

전혀 현실성 없는 목적을 가진 채 오련맹이란 범의 소굴로 단둘만 가겠다니.

그렇지만 젊은 남녀가 커피숍에서 만났다가 오붓하게 외출하는 데 그런 의심을 품을 아버지는 아무도 없으리라.

우웅!

배기 소리가 시원하게 터진다. 민혜설은 작은 체구가 무색할 만큼 능숙하게 기어를 넣고 유연하게 도로 위를 질주했다.

'이상하지만……'

민혜설은 곁눈질로 강서린을 보았다.

사실 지금도 납득하기 어려웠다. 왜 자신이 저 사내의 밑도 끝도 없는 말에 순순히 따랐는지…….

그런데 시간이 지날수록 왠지 모르게 이해가 됐다.

'남자라는 걸까?'

그저 한 남자가 옆에 있다는 사실만으로도 이렇게까지 옆자리가 꽉 차게 느껴진다는 걸 그녀는 난생처음 깨달았다.

그래서 이 든든함을 믿기로 했다.

그녀 자신을 의원으로 만들어준 가장 큰 재능은 머리가 아니라 때로는 이 같은 감을 신뢰할 수 있던 마음이니까.

CHAPTER **05**
오련맹에 침입하다

　강서린은 민혜설의 협조를 받아냄으로써 두 가지 귀찮음
을 해결했다.

　첫 째야 두말할 것도 없이 경호의 문제였다.

　말도 없이 사라졌다가 청와대에 보고된다면 차후에 귀찮
은 정도로 끝날 문제가 아니었다.

　둘째는 설령 손지연으로 하여금 오련맹의 위치를 알아낸
다고 해도 이 넓은 중국 땅에서 홀로 찾아가기란 상당한 피
곤을 감수해야 한다는 점이었다.

　물론 재대로 마음만 먹으면 못할 것도 없었다. 그에게는

파동을 찾아내는 능력이 있었고 이로 인해 서(西)의 적이 된 수많은 세력이 진절머리를 쳤으니까.

혹자는 이를 절대 추적이나 절대 포착이라고 부르기도 했다.

하지만 지금에 와서는 어떤 조직도 강서린이 이 능력을 쓰길 바라지 않았다.

그가 일단 절대 추적을 시작하면 그 끝은 반드시라고 해도 좋을 만큼 무서운 후환이 도사리고 있었다.

강서린이 자신을 고생시킨 보답을 아주 제대로 해줬던 것이다.

그런 의미에서 강서린을 편하게 해준 민혜설은 그녀 자신도 모르는 사이에 오련맹의 은인이 됐다고 해도 과언이 아니었다.

강서린은 북경 외곽을 지나 어느 산세의 구릉에 가까워지자 맹렬하게 번지는 파동을 감지했다.

'저곳이군.'

한둘이 아니었다. 그중 익숙한 파동이 하나. 그리고 그보다 불안정하지만 상당히 큰 파동이 하나.

강서린은 불안정한 파동에 집중했다.

그의 경험에 비추어 저 정도의 파동을 뿜는 인물은 초인이라 분류되는 자들이었다. 그러나 그들과 구별되는 확실한 차이점이 있었다.

'불안정한 정도가 아니군.'

비유하자면 터지기 직전의 폭탄처럼 위태롭다. 이를 확
인한 강서린의 이목이 중심부를 훑고 다시 외곽으로 번지
기 시작했다.

그렇게 수여 초.

강서린의 눈빛에 서늘한 기세가 솟구쳤다.

'맹주라는 자. 도를 넘어섰군.'

                    *   *   *

사내의 분위기가 바뀌었다.

이를 감지한 민혜설은 자신도 모르게 심장 박동이 빨라
지는 걸 느꼈다.

두근! 두근!

그녀는 20대의 나이에 고명하다는 수식어가 붙을 만큼
뛰어난 중(中)의원이다.

감각을 뛰어넘는 그녀의 귀품은 뭔가 무서운 감정을 느
꼈고 본능적으로 차의 속력을 줄였다.

강서린은 자신이 품은 심중의 살기에 곧바로 반응하는
민혜설의 행동을 눈치챘다.

'평범한 여자가 아니었군. 비정상적인 인지 능력을 타고 난 건가.'

이는 일신의 무력이나 경지만으로는 논할 수 없는 초감 각이다.

일종의 천성적인 재능 같은 것. 그러나 그가 보기에는 일 전의 백아영이 타고난 체질만큼이나 없느니만 못한 재능이 었다.

"스승이 있나?"

"네? 아, 제 스승님은 의원이에요."

"그렇군. 그대의 스승은 검치 늙은이보다 높은 경지에 도 달해 있다."

민혜설은 어리둥절했지만 뭐라고 다른 말을 할 수가 없 었다. 강서린이 손을 들어 차를 세우게 한 것이다.

"여기서 기다리도록."

탄성이 절로 나올 만큼 빠른 속도로 사내의 등이 멀어졌 다.

"무슨 말이지? 으음, 그리고 보면서도 믿기 힘드네. 정 말…… 어떻게 나랑 비슷한 나이에……."

전음을 받고 나서부터 이 한국 사내가 대단한 고수일지 도 모른다고 생각했지만 직접 본 신법은 상상 이상이었 다.

바람을 가르며 빛살같이 달리던 강서린은 암벽으로 둘러쳐진 커다란 산이 나오자 정확히 한 지점을 목표로 방향을 틀었다.

주변 경관이 잔상이 되어 스쳐 지나간다.

차가 멈춘 지점에서 보면 특이할 것 없던 돌산 그 안쪽으로 풀 한포기 없이 가지런한 자갈길이 대로처럼 넓게 뚫려 있었다.

자갈을 밟던 강서린은 우측 암석 바위를 수직으로 뛰어넘었다.

마치 새처럼 솟구친 그의 눈앞에 웅장한 크기의 건축물이 먼 아래로 모습을 드러냈다.

그 유명한 고궁(故宮)처럼 수많은 전각이 첩첩히 들어찬 이곳이야말로 중국 대륙의 막후를 지배한다는 양대 기둥 중 하나. 오련맹의 총타였다.

그러나 강서린은 놀라운 광경에도 시선을 빼앗기지 않았다. 오히려 그의 눈은 자신의 발아래를 향하고 있었다.

콰득!

중력의 법칙에 따라 그가 떨어진 자리에는 비산하는 돌조각이 나부꼈다.

"큭! 웬 놈이냐?"

맹주의 수신호위인 북궁가의 천지인(天地人) 삼로(三老)

는 마른하늘에 날벼락 같은 충격을 느끼고 급히 몸을 굴렀다.

이들 셋은 방계이긴 하나 오랜 세월 가주의 친위대로 암약하던 고수로서 세가의 정예인 서른다섯 명의 진혈 중에서도 서열 십위 안에 들 만큼 강력한 무위를 자랑했다.

직계라는 이유로 진혈이 된 북궁천기와는 그야말로 차원이 다른 고수들.

강서린은 자욱한 돌 조각을 피하면서도 자신의 그림자를 놓치지 않은 삼로에게 무심한 한마디를 흘렸다.

"제법이다."

느닷없는 침입자의 등장에 삼살은 이미 자세를 갖추었다.

뿐만 아니라 즉시 살수를 펼칠 요량인지 쓰고 있던 복면 안쪽으로 살기가 충천하고 있었다.

눈 깜짝할 사이에 이 세 명의 노고수는 품(品) 자 형을 이루고 강서린을 포위했다.

이를 보는 강서린의 얼굴에 한기가 올라왔다.

"놀아줄 시간이 없군. 보아하니 말귀도 어두울 것 같은데 그냥 죽어라."

일살은 침입자의 입에서 자신들을 마치 어린아이 대하듯 하는 말이 들려오자 분기탱천한 노기를 터트렸다.

"이런 미친놈이!"

어떻게 자신들의 이목을 속이고 등장한 건지 모르겠지만, 척 보기에도 젖비린내 나는 애송이가 아닌가?

복면을 쓰고 있지만 삼살 모두 지천명(知天命)에 가까운 나이다. 평범한 사람이라면 기력이 쇄할 나이지만 이들은 달랐다.

자그마치 일갑자의 거력!

약 육십 년의 내공을 기반으로 두고 심법을 운용하는 진혈에게 있어 지천명은 가진 바 무공이 가장 완숙에 접어드는 시기였다.

때문에 그 어떤 무학의 천재라도 고인의 반열에 든 진혈은 같은 급의 진혈이 아니면 절대로 이길 수 없다는 게 현 무림계의 생리.

그러니 이런 일살의 반응은 당연한 것이나 불행히도 상대는 그런 생리에서 완전히 벗어난 존재였다.

강서린의 눈이 좁아졌다. 그는 자신에게 욕설을 내뱉은 적을 일격에 죽일 만큼 착한 성격이 아니었다.

"발악이라도 해봐라."

"이노옴!"

그의 말이 끝나기가 무섭게 삼로 중 한 명이 낫 같은 무기를 던져 단 일격에 강서린을 쳐 죽이려 했다.

낮에 딸린 무지막지한 쇠사슬의 그림자가 강서린의 머리를 노리고 날아왔다.

일격필살의 기세였다.

강서린이 우뚝 선 자세 그대로 수도를 쳐낸다. 단 일수였지만 머리를 칠 것 같은 쇠사슬이 날아온 속도보다 더 빠르게 튕겨나갔다.

쿠과과곽!

쇠사슬을 잡고 있던 삼로의 셋째 인로는 자신의 손에서 불이 나는 착각에 휩싸였다. 동시에 고통 어린 비명을 지르며 서너 걸음 물러났다.

"으아악!"

손바닥 가죽이 통째로 벗겨졌는데 아프지 않을 리가 없었다. 그래도 과연 완숙에 달한 고수답게 쓰러지지는 않았다.

워낙 순식간이라 천로와 지로는 선수를 날린 인로에게서 어떤 일이 벌어졌는지 알 수조차 없었다.

단지 지로의 겸이 튕겨지며 그가 비명과 함께 물러서자 무엇인가 잘못되었다는 것을 알고 발 빠른 움직임을 보였지만, 그들이 움직이는 것과 동시에 버쩍 거리는 섬광을 본게 다였다.

퍼픽! 퍼퍼픽!

한 호흡에 다섯 번의 수도가 날아갔는데 그 빠름이란 사람의 눈으로 판가름할 수준이 아니었다.

손아귀의 고통에 정신이 산만해져 있던 인로는 대항조차 하지 못한 채 그 자리에서 숨이 끊어졌고 좌측에서 달려들던 지로는 목이 완전히 꺾인 채 한쪽으로 날아가 버렸다.

그나마 삼로의 첫 째인 천로는 살아남았지만 콰앙! 하는 소리와 함께 비집고 솟아 있던 마른 나무와 부딪치며 폭포수 같은 피를 게워냈다.

"크헉!"

진혈의 무인은 죽기 진전에 희생반조라는 현상을 겪는다.

곧장 죽을 것 같던 천로의 검은 눈동자가 초점을 잡으며 위로 올라갔다. 그의 동공에는 숨길 수 없는 경악이 배어나왔다.

"처, 천하무쌍의 고수…… 어, 어디서 너 같은 자가……."

"많이 놀랐나 보군. 죽이려고 했는데 살아남았으니 알려주겠다. 너 같은 자라면 나를 알지도 모르겠지."

천로는 점차 숨이 끊어지는 걸 느끼며 쥐어짜듯이 내뱉었다.

"크으으, 네놈이 누구건 상관없다. 대공을 성취하신 맹주께서는 이미 초인지경에…… 크큭……. 같은 초인이 아니라면 누구도 그분의 상대가 되지 못해. 우리의 복수는 맹주께서 해주실 것이다."

천로는 자신들을 파멸시킨 자가 믿기 힘든 고수임을 깨달았지만 맹주가 나선다면 자신들의 복수가 반드시 이뤄지리란 믿음을 드러냈다.

어찌 보면 당연했다. 인간이 아무리 강해진다고 해도 그 인간을 초월한 초인이란 분류가 있었다.

당장 초인이라는 검치를 잡기 위해서 들인 공이 얼마인가?

그러니 이런 천살의 자신감 넘치는 선언은 당연했다.

그의 주인인 대라신검 북궁신재는 이미 기를 형상화시킨다는 출신입화지경. 즉, 초인의 반열에 올랐기 때문이다.

그러나 천귀의 이런 믿음은 이어서 울려 퍼진 강서린의 무심한 말소리에 깨진 기와 조각처럼 흩어졌다.

"너희가 초인이라고 부르는 자들 중 반수 이상이 내게 패배를 자인했다. 그들은 나를 가리켜 소드 마스터나 검의 주인이라고 부른다."

천귀의 전신이 사시나무처럼 흔들렸다. 그만큼 지금 들은 말은 충격을 넘어선 경악 그 자체였다. 그가 마지막 숨을 다해 자신의 상대를 올려다봤다.

"어억…… 무, 무적자……!"

일점 거짓이 없는 오연한 기세. 죽어가는 천로는 깨달았
다.

어째서 자신들이 이토록 무력하게 죽어야만 했는지를.

"이제 너희의 미래가 달리 보이나?"

"아, 안 돼…… 북, 북궁의 앞날이……."

생기를 상실한 천귀의 동공에는 나락으로 떨어지는 세가
의 미래가 화인처럼 그려져 있었다.

이들의 모습을 상당히 먼 거리에서 누군가 지켜보고 있
었다.

그러나 강서린에게 그 정도 거리는 아무런 문제가 되지
않는다.

일단 한 번 파동의 감지를 시작하면 최소 반경 5킬로 안
의 모든 인간이 그의 이목을 피하지 못한다.

게다가 지켜보는 상대의 수준은 조금 전의 세 명에 비해
형편없을 정도로 낮았다.

그의 발이 가볍게 허공을 밟았고 곧바로 감시자가 있는
쪽을 향해 쏘아졌다.

터덕.

도망가고 어쩌고 할 틈도 없이 감시하던 인물의 눈이 강

서린과 정면으로 마주쳤다.

"으헉!"

얼마나 놀랐는지, 일반인과 비교하면 꽤나 단련된 무사로 보이는 감시자가 다리에 힘이 풀린 채 뒤로 넘어졌다.

하지만 무사는 이내 자신의 검을 빼들면서 공격하려는 자세를 엉거주춤 취했다.

"으으, 일격에 죽여주시오."

"죽여달라는 사람 치곤 좀 그렇군."

강서린은 피식 실소를 흘렸다. 이런 경우는 또 처음이었다. 나름 기개 있게 나오는데 눈물을 줄줄 흘리고 온몸을 바들바들 떤다.

"죽여야 하나?"

"그, 그럼 살려주시겠소?"

"살려주지. 대신 맹주란 자가 어디 있는지 털어놔라."

무사, 곽부성은 절벽으로 떨어지다 동아줄 하나를 잡은 심정이었다.

곽부성은 필사적으로 머리를 쥐어짰다.

하급 무사로 죽을 고생을 해서 어느 정도 돈도 모아놨고 작지만 쓸 만한 아파트도 장만했는데 장가도 못 가보고 죽을 수는 없었다.

게다가 대항이라도 가능하면 무사답게 덤벼라도 보겠는

데, 이건 개죽음이나 다름없었다.

"나는 맹주부 소속 외당의 열 개 지단 중 지룡대에 속한 십인 조장에 불과하오. 우리 같은 말단이야 위에서 무엇을 하든 따르는 일밖에 할 수 있는 게 없소. 여기서 맡은 일도 삼살께서 일을 마치면 몰고 온 차로 북경까지 모셔가는 역할이라……."

말을 멈춘 곽부성은 간절한 호소를 담고 다시 말했다.

"그러니 맹주께서 계신 위치를 나 같은 말단이 알 리가 없지 않소?"

"그래서? 그게 전부인가?"

약간 나직해진 강서린의 어조는 곽부성의 등줄기에 좍 하는 식은땀을 불러 일으켰다.

"그, 그게……."

그래도 머리를 쥐어짠 보람이 있는지, 경황 중에 주워들은 몇 마디 중 쓸 만한 정보 한 가지가 떠올랐다.

"그러고 보니 이곳에 오는 동안 삼살께서 이런 말씀을 나누셨소. 오늘 거사가 계획대로 끝나면 사천지부에 억류시킨 반역 도당의 식솔들도 깔끔하게 정리될 거라고……."

'짜증나게 하는군.'

듣지 않았다면 몰라도 인질이 있다는 걸 알았는데 무시할 수는 없는 노릇.

검치의 식솔이 붙잡혀 있을 수도 있었다.

이럴 경우, 최소한 조치는 취하는 게 차후를 위해서도 편하다.

강서린은 슬쩍 인상을 쓰며 손가락을 튕겼다.

그러자 무사의 눈이 풀리며 그 자리에 주저앉았다.

동시에 그의 손이 쓰러진 무사의 뒷덜미를 잡아챘다.

그의 신형이 일말의 파공성을 동반하며 쏜살같이 아래로 날아갔다.

민혜설은 운전석에 앉은 자세로 갈등하고 있었다.

'아휴, 답답해. 이럴 줄 알았으면 차에서 자초지종이라도 좀 물어볼걸……. 여기서 이러고 있지 말고 나도 가볼까?'

솔직히 가는 건 문제가 아니었다.

오련맹의 총타가 용담호혈이긴 하지만 자신의 안위에 위협을 줄 만큼 무뢰배 집단은 아니었다.

배경이 다르긴 해도 오대 세가에 속한 사람 중에는 젊은 층 친구들도 많았다.

또 만에 하나 상황이 나빠지면 자신의 몸 하나는 충분히 빼올 자신이 있었다. 그런데 자꾸 걸리는 게 있으니 떠난 사내가 했던 말.

'검치는 남궁 노사님이 맞아. 그분은 오련맹이 자랑하는 초인인데 그분을 구한다니 무슨 말이야, 이게? 사실이라면 오련맹 내부에서 무슨 사달이 벌어진 게 분명한데…….'

고민하던 민혜설은 입술을 살짝 깨물었다.

'아무래도…… 가볼까?'

막 결심을 굳힐 때 그녀를 깜짝 놀라게 만드는 기척이 있었다.

툭툭!

민혜설은 깜짝 놀라 고개를 돌렸다.

"어머!"

어느새 강서린이 운전석 옆, 바깥에 서 있었다. 민혜설은 반사적으로 창문의 열림 버튼을 눌렀다.

기잉.

"사천지부라는 곳에 인질이 있다. 구정회에 알리면 알아서 처리하겠지. 자세한 내용은 저자에게 듣도록."

강서린은 이 말만 남기고 다시 신형을 돌렸다.

민혜설은 조금 멍한 표정으로 입만 벙긋했다.

몇 초 후에 정신이 들자 급히 차문을 열고 나왔지만 사내는 이미 사라지고 난 뒤였다.

"뭐야! 오늘 정말 무슨 날이야? 아휴, 정말!"

민혜설은 입술을 비죽 내미는 자신이 얼마나 귀여운지

자각하지 못한 채 속이 터진다는 표정을 지었다.

눈앞이 컴컴해졌던 무사 곽부성은 다시 정신이 들자 자신이 있는 장소가 총타에서 조금 떨어진 평지임을 깨달았다.

'여기가 대체? 으윽, 일단 저 계집을 제압하고 자리를 피해야겠다.'

머리가 좀 어지럽긴 했지만 다행히 그 사신 같은 자는 아무리 둘러봐도 보이지 않았다.

대신 번쩍이는 스포츠카 한 대와 작은 체구의 여자가 지척에서 떠들어대고 있는 것이다.

그는 조용히 다가가 제압할 생각에 막 호흡을 고르는 중이었다.

그때, 민혜설이 고개를 홱 돌리더니 허리춤에 손을 얹고 그를 쏘아보며 말했다.

"거기 당신! 나 의주상가의 민혜설이야. 의성 이정님의 제자인 의봉 민혜설! 점혈 당하고 갈래, 아니면 그냥 갈래?"

그냥 말뿐이라면 모르겠다.

하급 무사기에 더욱 체감되는 진혈 특유의 기세를 온몸으로 뿜어내는 여자.

게다가 용봉의 계열에 들어가는 신진 최고수 중에 한 사람이란다.

곽부성은 어설픈 얼굴을 하다가 고개를 떨궜다.

'망했다⋯⋯.'

CHAPTER **06**
북궁의 음모

아직도 공사가 끝나지 않은 상하이 중심부의 으리으리한
장원.

누구라도 이 비싼 땅 위에 빌딩이 아니라 한 가문 소유
의 장원이 지어지는 걸 안다면 호기심에 입방아를 떨 것이
다.

그러나 장원을 둘러싼 크고 거대한 담벼락은 그런 행인
들의 시선을 완전히 차단했다.

또한 드러난 담벼락 앞에는 그 무섭다는 공안 경찰들이
수시로 오가고 있어 인근 상인들도 쳐다보지 않을 정도

였다.

관공서도 아닌데 은밀히 공안의 호위를 받는 장원.

그 장원에 지어진 수십 채 건물 중에서도 가장 높다란 전 각에는 오직 한 사람의 그림자만이 드리워져 있다.

창가에 서서 세상을 굽어보는 초로의 장년인. 특색 없는 춘추삼(春秋衫)을 걸치고 있으나 장원의 주인임을 명백히 증명하는 비범함이 그 뒷모습에 흐르고 있었다.

"대계가 시작됐습니다. 삼로께서 뒤처리를 위해 남으셨 다는 전갈입니다."

가느다란 육성과 함께 날카로운 인상의 마른 남자가 장 년인의 뒤로 걸어와 부복했다.

그러자 나직하나 위엄에 찬 음성이 내부에 울려 퍼졌다.

"삼로라면 그리 하겠지. 본좌의 수신호위라고 해도 이제 그만 여생을 편히 보낼 때도 됐거늘."

"그래도 그분들께서 남아 주셨으니 속하 안심이 됩니 다."

"쯧쯧, 무엇을 우려하는 건가? 자네는 딴 건 다 좋은데 간 이 좀 작은 게 마음에 들지 않아."

혀를 차는 장년인의 음성에 북궁세가의 책사 손위량은 조금의 망설임도 없이 부언했다.

"책사의 일이 다 그런 게 아니겠습니까. 계획대로 된다면 아무도 살아남지 못하겠지만 큰일에는 항시 변수가 따르는 법입니다."

"그래. 알았네. 하여튼 자네한데는 말로 못 당한다니까."

"송구합니다."

"이만 나가보게. 그리고 삼로가 방계이고 본좌의 호위에 불과하다고는 하나 장로에 준하는 대접을 받아 마땅한 사람들일세."

"세 분의 예후에 더욱 신경을 쓰라고 이르겠습니다."

장년인에게서는 더 이상 말이 없었다. 손위량은 조심스럽게 허리를 펴고 다시 사색에 잠긴 이 거인의 등을 바라보았다.

세가연합의 지존이자 천추제일가의 수장.

그러나 이제는 그런 신분조차 비할 데 없는 무의 절대자.

누구라도 이 안에 들어오면 절로 고개를 숙일 수밖에 없으리라.

자신의 주인 십전무제 북궁천위는 하늘이 내린 거인이고 모두의 충성을 받는 훌륭한 영도자였다.

손위량은 이런 경외를 품으며 공손히 물러났다.

그로부터 얼마간 평온한 적막이 전각 안에 이어졌다. 그리고 계속 이어질 것 같았다.

돌연 적막을 지워 버리는 지독한 음소가 울리지 않았다면.

"후흐, 후흐흐흐……."

북궁천위는 웃음을 주체하기 힘들었다.

고고하게 흐르던 비범함에 저열한 욕망이 섞여들고 온화하던 눈빛에는 어두운 살기가 팽창했다.

그러다가 우뚝.

나직하나 일그러진 어조가 그의 보기 좋은 수염 사이로 느릿하게 흘러나왔다.

"이제야 새 시대를 열 수 있겠구나. 참으로 오래 걸렸어."

북궁천위는 자신을 포장하고 있던 가식을 천천히 얼굴에서 지워갔다. 동시에 그의 뇌리에서도 은밀한 회상이 시작됐다.

젊은 시절, 그는 남궁세가와 함께 오대세가의 수좌를 다투는 북궁세가의 적손으로서 뼈를 깎는 수행의 나날을 보내고 있었다.

그는 선택받은 존재였다.

지존이 되기 위해 태어났고 그에 합당한 재능 역시 가지고 있었다.

그러나 하늘의 시샘인지 그에게는 넘지 못할 벽이 동시

대에 존재하고 있었다.

이미 그가 검을 들 무렵부터 오대 세가를 통틀어 최고의 무재라 칭송받는 검의 귀재. 그래도 북궁천위는 포기하지 않았다.

같은 시대를 살고 있으나 이미 절정기에 다다른 그자! 남궁관학과 자신은 따라잡기를 자신할 만큼 세월의 간극 사이에 있었으니까.

그러나 15년 전.

일본 겐요사의 초인인 비천검 유키노리 겐조가 오련맹 정예와 충돌한 날, 그는 자신의 눈으로 톡톡히 보고야 말았다.

영원히 넘지 못할 벽이 무엇인지를.

일인 무적이라 단언해도 부정치 못할 초인의 검을 남궁관학은 정면으로 맞섰다. 그리고 이겨냈다.

동시에 창궁의 검은 새로운 초인으로 등극했다. 무림 전체가 그를 중원의 제일검이라 칭송했다.

북궁천위는 절망했다. 보지 않았으면 모르되, 그가 본 초인의 무위는 정녕 재능만으로 이룰 수 있는 경지가 아니었다.

그러나 얼마 후에 그 같은 절망조차 넘어선 끔찍한 치욕감이 그를 다시 일으켰다.

남궁관학은 지존의 자리를 인심 쓰듯이 북궁세가에 양보
했다.

자신이 그토록 원했던 자리를! 평생을 노력해서 성취하
려 했던 지존의 좌를!

그리하여 마치 거지새끼처럼 지존의 감투를 얻어 쓰게
된 날, 그의 마음속에는 괴물이 자라났다.

드득!

손아귀에 쥐어진 부채에서 어그러지는 소음이 터진다.

"그래도 검치 당신의 오만이 진정한 힘은 하나가 아니라
두 개라는 걸 깨닫게 해줬지."

북궁천위는 남궁관학을 떠올리며 나직이 중얼거렸다.

개인이 아무리 강해도 집단을 이기지는 못한다는 이치.
그는 거대한 권력의 태사의에 앉았을 때 오래지 않아 이러
한 이치를 깨달았다.

그리고 오련맹 역사상 가장 막강한 권력을 가진 맹주가
되기로 결심했다.

그러나 오련맹은 합일된 조직체가 아니라 엄연히 오대
세가의 연합체. 외부의 적에게는 최고의 단합을 보이지만
내부적으로는 서로를 경쟁상대로 보는 이합집단에 불과한
것이다.

그는 아주 천천히 누구도 자신의 의도를 눈치채지 못하

도록 맹주부의 요직을 본가의 사람들로 교체해 나갔다.

문화 개방 이후 시작된 대외적 평화는 다른 4대 세가의 수뇌부를 멍청이로 만들기에 충분했다.

그들은 영양가 없는 허울뿐인 맹의 권력보다는 바깥세상의 이권에 더욱 목을 매었고 북궁천위는 이러한 그들의 구미를 충분히 맞춰줬다.

그렇게 절치부심 하길 십 년.

맹주부를 포함한 17개 지단과 아홉 개의 무력 단체를 완벽히 손아귀에 움켜쥐었다.

그의 당근을 받아먹은 인물들이 각 세가의 수뇌부로 성장했고 가주의 명을 따르기보다 그의 눈치를 우선 살폈다.

이로써 그는 역대 오련맹의 맹주 가운데 가장 강력한 권력자가 되었고 그의 본가인 북궁세가는 세가 연합의 수좌로서 누구도 부정할 수 없는 완벽한 입지를 굳혔다.

헌데, 여기까지였다.

그는 초인의 이름에도 꿀리지 않는 강력한 권력자가 되었지만 결코 초인보다 높은 경외를 받지 못했다.

그즈음 북궁천위는 깨달았다.

애초부터 남궁관악을 죽여 없애지 않고서는 여기까지가 현실의 한계라는 것을.

자신의 권력은 세월이 흐를수록 사상누각으로 전락할 것

임을.

방법이 있다면 오직 하나.

오대 세가를 완벽히 장악하고 합일된 권력의 힘으로 검치라는 벽을 허무는 것.

그러나 맹의 17개 지단과 아홉 개의 무력단체라고 해봤자 진실된 세가들의 정예에 비하면 허수아비나 다를 바가 없었다.

설혹 북궁세가의 전력을 포함시킨다고 해도 검치와 나머지 사대세가 전부를 상대하기란 어불성설.

맹주로서 사실상 세가연합에서 그가 가질 수 있는 권력 또한 이미 한계점에 봉착해 있었다.

그렇다면 여기까지인가?

권력자로서 초인과 대등한 위치에 섰으니 성공한 삶이라 자위하며 이대로 살아야 하는 것인가?

그러기에는 그의 가슴에서 꿈틀대는 욕망이란 괴물의 크기가 너무도 컸다.

"으흐흐흐흐, 허나 하늘은 본좌를 선택하였도다. 아니지. 이제는 본좌가 하늘이로다. 크흐흐흣!"

누구도 상상치 못했으리라!

천불총(天佛塚).

1억 명의 발아래 상고의 암중지처가 잠자고 있었음을.

옛 무림이 남긴 이 위대한 유산에는 실로 놀라운 비밀과 힘이 숨겨져 있었다.

북궁천위는 천불총을 열고 그토록 갈망하던 절대 무력을 너무도 손쉽게 이룩했다.

어디 그뿐인가? 그의 장자인 북궁천강 또한 오래지 않아 초인의 반열에 오르리라.

북궁천위는 입맛을 다셨다.

"그나저나 아쉽게 됐어. 검치는 이 손으로 찢어죽이고 싶었거늘."

계획에 없던 셋째의 죽음은 자신이 직접 나서서 검치를 죽일 수 있는 충분한 명분을 만들어주었다.

그러나 그는 대계를 위해 한발 물러났다.

가문의 얼굴에 먹칠을 한 쓸모없는 자식 따위보다 가문을 천 년 반석 위에 올려놓을 대계가 더욱 중요했다.

"그래도 네가 이 아비에게 선물 하나를 남기고 가는구나. 쓸 만한 명분이 생겼어. 네 목숨 값으로 저 비천한 반도인들은 지옥을 보게 될 것이야."

오늘부로 검치를 포함한 나머지 사대 세가의 수뇌부는 깡그리 몰살당할 것이다.

당근을 받아먹고 개처럼 길들여진 자만이 살아남아 이를 구정회의 음모라고 성토할 것이다.

"으흐흐흐흐, 피의 수레바퀴가 돌아가면 누구도 북궁의 앞날을 막지 못하리라."

야망과 광기로 얼룩진 그의 얼굴에는 무시무시한 마면이 겹쳐지고 있었다.

*   *   *

교통수단과 통신망이 발달하지 않았던 옛 시절에는 중지를 모을 수 있는 실체적인 장소가 필수였다. 그러나 과학의 발달은 이런 모든 것들을 무의미하게 만들었다.

구정회 역시 과거에는 무림맹 등의 현판을 달고 정파의 중지를 모았으나 현대에 이르러서는 따로 총단을 두지 않고 자파가 돌아가면서 회합 장소를 준비했다.

반면에 세가연합은 혈맹을 주창하고 있으나 서로가 가장 강력한 경쟁상대였다.

때문에 오대 세가는 서로를 파악하거나 중재가 가능한, 혹은 이익을 대변할 수 있는 실체적 장소가 필요했고 그것이 바로 총단이 만들어진 배경이었다.

실상 현 시대에 사람들의 이목을 가리고 제대로 된 비밀 총단을 건립하기란 결코 쉬운 일이 아니었다.

그러나 오련맹의 총단은 이들 오대세가의 저력이 얼마나

막강한지를 알게 해줄 만큼 실로 대단한 위용을 과시했다.

사방에 거대한 암벽들이 병풍처럼 둘러쳐져 있다. 그 중앙에는 수십 채의 고풍스러운 전각이 지어져 있고 인공 호수 위로 폭포수가 쉴 새 없이 쏟아지는 절경을 자아냈다.

하늘에서 본다면 분지 형태의 공간에 지어진 어마어마한 크기의 장원.

그러나 멋모르고 분지 안에 들어간다면 오래된 사찰 하나만을 보게 될 터였다.

사찰은 만에 하나라도 이곳으로 잘못 진입한 민간인을 거르기 위해 만들어진 1차 관문.

강서린은 이를 무시하고 지나쳤다.

턱, 터턱.

가벼운 발길질 두 번으로 그의 신형이 새처럼 사찰 위를 뛰어넘었다.

그의 발밑에는 적잖은 수의 무사가 정문을 감시하고 있었지만, 누구도 강서린의 기척을 읽지 못했다.

'잔챙이들은 무시한다.'

강서린은 다수를 상대할 때, 필요에 의해서가 아니면 곧바로 적의 수뇌부를 공략했다.

사실 공략이라고 해봐야 최단 시간 안에 수뇌부의 머리를 따버리는 것. 오직 그만이 가능한 일격필살의 공략인 셈이다.

어쨌든 강서린은 자신의 이 같은 공략을 오련맹을 대상으로도 어김없이 실천에 옮기고 있었다.

"저쪽에 다 모여 있군."

강서린은 적당한 크기의 전각 위로 올라가 파동을 확인했다.

꽤나 많은 수의 무사가 곳곳에 포진하고 있었지만 목적지까지 이동하는 데는 별 문제가 아니었다.

무사들의 수준으로는 자신이 사각지대를 거쳐 움직이는데 아무런 제약이 될 수 없다.

현대식 보완 체계도 구축되어 있었지만, 고작 기계 따위에 잡힐 정도면 서양의 막강한 세력들이 일인에 불과한 그를 이토록 두려워하지는 않았을 것이다.

천무전(天懋殿).

분지의 중앙에 위치한 거대한 전각으로서 총 5층 높이에 뒤로는 거대한 연무장을 끼고 있었다.

입구를 지키는 자는 총 여덟. 전부가 살륙대 대장이라고 했던 녀석과 엇비슷한 실력자들이다.

'지키는 게 아니라 감시로군.'

강서린은 품에서 날 없는 검병을 꺼내 쥐었다. 죽이는 건 문제가 안 되지만 아직까지는 은밀할 필요성이 있었다.

슥.

여덟 개의 검기가 허공을 선회하더니 곧장 정면으로 날아가 여덟 명의 심장을 갈랐다.

마치 보검으로 두부를 썰듯 너무나 자연스럽게 죽은 터라 이들 대부분이 눈을 감지도 못한 채 그대로 무릎을 꿇었다.

그들을 처리한 강서린은 거침없이 문을 열고 들어갔다. 외부의 호위를 믿는지 안쪽에는 별다른 인원이 없었다.

시중인으로 보이는 여자 몇몇만이 바쁘게 뛰어다니고 있었다.

1층은 연무장과 연결된 텅 빈 대청마루였다.

사방에는 용과 봉의 신수가 거대한 깃발에 수놓아져 펼쳐져 있었고 가운데는 오대 세가의 조사 동상이 세워져 있었다.

천무전에 들어온 사람이라면 누구든 조사의 동상 앞에서 예를 표해야 한다. 바로 그와 같은 글귀가 동상의 아래에 새겨져 있었다.

그런데 강서린은 동상을 밟는 용도로써 사용했다. 계단으로 오르기 귀찮다는 게 그 이유였다.

오대 세가의 인물이 봤다면 거품을 물 정도로 불경한 광경이겠지만, 다행히 강서린이 뛰는 모습을 본 사람은 아무도 없었다. 대청에는 여자들도 있었지만 평범한 사람인 그들의 눈으로는 눈 깜짝할 사이에 뛰어오른 그를 보지 못하는 게 당연했다.

2층에는 각기 크고 작은 회당이 있었는데, 오련맹의 인물들이 모여 있는 곳은 가장 커다란 크기를 자랑하는 인협당이었다.

강서린은 곧장 안쪽으로 난입하기보다 그 옆에 있는 또다른 회당으로 들어가 조용히 기척을 숨겼다.

동시에 그의 귓전으로 끊이지 않는 고성이 울려 퍼지기 시작했다.

쾅!

"지금 이게 뭐하자는 거요!"

남궁세가의 가주로서 군자검으로 이름 높은 남궁문의 주먹이 노성과 함께 대리석 석탁을 뒤흔들었다.

그러자 가주들 가운데 가장 연장자인 제갈세가의 신산 제갈소운이 침중한 어조로 남궁문에게 말했다.

"이보게, 군자검, 진정하시게."

"허! 이게 진정할 일입니까? 감히 저자가 본가의 태상이신 사숙님을 능멸하고 있단 말입니다!"

제갈 가주의 만류에도 남궁문의 노성은 전혀 줄어들지 않았다.

같은 가주라고 해도 한 배분 가까이 연배 차이가 나는 남궁문이 가장 어른인 제갈소운에게 하는 반응 치고는 무례한 감이 적지 않았으나 어느 세가의 가주도 탓하는 말을 하지 않았다.

오죽하면 제갈소운 본인부터가 남궁문의 분기탱천을 충분히 이해한다는 얼굴이었다.

'허어, 이번에는 도가 지나쳤어. 자칫 북궁세가와 남궁세가 사이에 피를 볼지도 모르겠구나.'

그는 이런 일이 있을 때마다 가장 연장자인 자신의 위치를 이용해 중재를 나서곤 했었다. 그런데 이번만큼은 그 역시 어쩔 도리가 없어 보였다.

세가연합은 외부의 적이나 공통된 이익에 관해서는 혈맹이나 다름없지만 내부적으로는 서로가 가장 치열한 경쟁 상대였다.

그런데 도무지 신산이라 불리는 그의 지혜로도 이해가 되지 않는 부분이 있었다.

'맹주가 미치기라도 했단 말인가?'

이번 일로 남궁과 북궁 간의 전쟁이라도 벌어지면 그 결과는 명약관화였다. 단순한 이유였다.

제아무리 북궁세가의 가주가 오련맹의 맹주를 겸하면서 가문의 힘을 키웠다고 해도 검치가 속해 있는 남궁세가를 이기지는 못한다.

괜히 오련맹을 대표하는 무력으로 불리겠는가? 그만큼 초인 한 사람이 가지는 비중은 말로 표현하기조차 힘든 것이다.

막말로 정녕 검치가 북궁가의 셋째를 죽인 게 사실로 밝혀질지언정 나머지 사대 세가에서 북궁가의 손을 들어줄 리는 만무했다.

검치가 초인의 반열에 오르며 오랜 세월 지속됐던 힘의 불균형이 해소됐다.

구정회의 성승.

오련맹의 검치.

이 균형의 의미는 세가 연합에 있어서 초인의 무력만큼이나 크다. 북궁가의 셋째 혈손 따위와는 비교도 할 수 없을 만큼.

잠시 뜸을 들이던 제갈소운이 다시 남궁문을 보며 말했다.

다른 가주들이 나서지 않는다면 사태를 조금이나마 진정시킬 사람은 그밖에 없기 때문이었다.

"자네의 심정은 이해하네만, 이곳에는 우리 가주들뿐만이 아니라 세가의 가장 큰 어른이신 대장로님들도 계시지 않은가."

그러나 분성 어린 반응은 전혀 다른 쪽에서 터졌다.

"가주, 그러지 않아도 됩니다. 우리 장로원은 지금 이 자리 자체가 심각한 문제라는 결정을 내리고 달려온 겁니다."

"그렇소이다. 이 무슨 얼토당토않은 자리란 말이오!"

"맹주가 감히 각 세가와 장로원을 무시하지 않고서야 어찌 저자를 내보낸단 말인가!"

지금까지 가주들 앞이라 예의를 지키려고 침묵하고 있던 대장로들이 한꺼번에 성토하고 나섰다.

'허어, 결국 이렇게 되고 마는구나.'

그로서는 가장 먼저 입을 연 대장로가 자신의 친형이자 제갈세가의 대장로이니 더 이상 중재를 설 명분도 없게 된 셈이다.

"불쾌하셨다면 여러 가주님께 이 사람이 사과를 올립니다. 다만 저희 북궁세가는 셋째 도련님의 죽음에 대한 진상을 밝히기 위해 이 자리를 마련한 겁니다. 부디 오해하지 않으셨으면 합니다."

북궁신재 2장로가 포권을 취하며 모두에게 말했다. 그러나 좌중의 분위기는 싸늘하기만 했다. 아니, 대장로들의 노기는 한층 더 심해졌다.

특히 성질을 참느라 좀 전에도 입을 다물고 있던 위지문천 대장로의 입에서 기어코 불벼락이 터졌다.

"이노옴! 여기가 어디라고 너 따위가 함부로 주둥이를 놀리느냐!"

"허허, 저도 손주를 보는 나이올시다. 아무리 대장로라 해도 말이 심하시지 않소이까?"

"이이! 이놈이!"

"감히 본가의 존장께 그 무슨 망발인가!"

위지세가의 가주인 태력장 위지우열이 불같이 화를 내며 일어났다.

본래부터 위지세가는 성격이 불같기로 유명했다.

옛날에는 제갈세가 못지않은 문사의 가문이었으나 근대화를 겪으며 가문이 한 번 망했다가 다시 일어선 뒤로는 가풍 자체를 강성으로 바꿔 버렸다.

그런데 이걸 뻔히 아는 자가 위지세가의 가주 앞에서 위지세가의 가장 큰 어른에게 말 주전을 하다니?

이제 다른 좌중은 분노를 넘어 어처구니없다는 기색들이었다.

북궁가에서 정녕 미치지 않은 이상에야 이렇게 나올 수는 없는 것이다.

그러나 북궁신재는 말주변만큼이나 간사한 인물이었다.

"정이 그러시면 저희 대장로님과 직접 대화들을 나눠보

시지요."

"……!"

좌중의 눈이 커졌다. 급병을 얻어 본가에서 정양한다는 북궁세가의 대장로 북궁대로가 대청으로 걸어 들어오는 것이다.

"여러 가주님들과 대장로님을 뵈오이다. 맹주께서는 아들을 잃은 슬픔으로 심신이 지쳐 계시고 본인 또한 몸이 좋지 않아 뒤늦게 참석한 바이니 고개 숙여 양해를 부탁드리오."

"허어어, 북궁 대장로, 이게 어찌된 거요?"

남궁대학 대장로가 장탄식을 터트리며 북궁대로를 보았다. 해명을 바라는 기색이 완연했다.

"모두가 들으신 그대롭니다. 맹주의 셋째 아들이 북궁천기 공자가 자신의 혼담과 관련해 한국으로 가 있었고 그곳에서 처참하게 살해를 당했소이다."

북궁대로는 무엇 때문인지 이 말을 끝으로 입과 눈을 모두 닫아버렸다. 그러자 재차 분통이 터지는 건 남궁세가의 젊은 가주 군자검이었다.

"말이 되는 소리를 하십시오!"

"진정하고 천천히 말하시게."

남궁 대장로의 언질에 남궁문은 숨을 한 차례 몰아쉬었

다가 조금 차분해진 어조로 다시 말했다.

"백석그룹은 본 맹이 아니라 엄연히 본 세가와 우호적으로 지내는 기업입니다. 또한 그 혼담은 북궁세가의 일방적인 통보였다가 진즉에 거절당해서 끝난 문제로 알고 있습니다."

"그게 다가 아니지. 우리 장로원에서는 북공가의 공자가 살륙대를 호위 명목으로 데려갔다는 사실을 알고 있네. 이런 정보를 누가 알려주었겠는가?"

남궁 대장로는 가주에게 말하는 어조를 했으나 그 눈은 북궁대 대장로의 얼굴에 고정되어 있었다.

살륙대가 중요한 게 아니라, 이런 정보를 줄 정도로 맹주의 독선을 반대했던 사람이 왜 이런 일을 거들고 있냐는 질책의 눈초리였다.

"나는 할 말이 없소이다. 2장로와 알아서들 하시오."

북궁대로는 매우 어두운 낯빛을 하며 북궁신재 2장로의 뒤로 물러났다.

"허헛, 대장로께서 아직 병환 중이시라 말을 하는 것도 힘겨워하시니 다시 이 사람이 나서야 할 것 같습니다. 허면 본인이 대신 답을 하도록 하지요. 남궁가의 두 분 말씀이 틀림없습니다. 허나, 오해들은 하지 마셔야지요. 맹주님의 셋째 아드님은 매사에 자신감이 넘치는 분이셨고 그렇기에 젊은 혈기로 한국에 가신 겝니다. 대북궁가의 직계로서 소국의 일개 기업 따위에게 혼담을 거절당하셨으니 얼마나 기막히셨겠소이까?"

"북궁신재 네놈이 궤변을 늘어놓는구나. 허면 살륙대는 어찌 된 게냐?"

남궁 대장로의 이 같은 추궁에 북궁신재의 얼굴에는 희심의 미소가 떠올랐다.

"맹주께서 셋째 공자를 아끼시는 마음에 조금 과한 호위를 딸려 보내셨지요. 그런데 지금은 아주 큰 후회를 하고 계십니다."

"……?"

"살륙대가 전원 도살당했습니다. 저희 공자께서 살해당하실 때 함께 말입니다."

"……!"

전혀 새로운 사실이 밝혀졌다. 모두가 적잖게 놀라는 눈빛으로 변했다.

제아무리 북궁세가에서 막나간다고 해도 금세 들통 날 거짓말까지 한다고는 생각하기 어려웠다.

"여러 가주님들, 어떻습니까? 입장을 한번 바꿔서 생각해 주시지요."

북궁신재의 의미심장한 말이 끝나자마자 좌중의 분위기

는 급속도로 냉각됐다.

상식적으로 따진다면 북궁가의 의심이 합당해지기 때문이었다.

개인이면 몰라도 진혈의 고수인 북궁천기와 맹의 1급 무력단체인 살륙대.

이 정도 전력이 궤멸 당하려면 당연히 그보다 강한 전력이 동원되어야 한다.

그러나 그런 전력이 움직였다면 각 세가에서 모를 리가 없었다.

더군다나 본토도 아니고 비행기를 타고 나가야 하는 타국이었다. 오련맹이 아니라 구정회가 나서도 불가능한 일이었다.

*   *   *

강서린은 슬며시 눈살을 찌푸렸다.

'그 느끼한 녀석의 픽시 웝이라는 소환수와 비슷한 원리 같은데……'

느낌이 모호했다. 이런 경우는 매우 드물었다.

그나마 꼽자면 오래지 않은 과거, 자신에게 패한 초인 중한 명인 베르게르 세드릭의 최후 공격이 지금 느껴지는 파동과 닮아 있었다.

그가 마지막에 부린 픽시 웜도 일종의 날아다니는 불꽃의 벌레였다.

한마디로 자폭 공격.

당시 강서린은 픽시 웜의 자폭 직전에 이와 유사한 성질의 파동을 느꼈다. 그래서 이 불안정한 파동을 느낀 순간, 다음에 벌어질 상황에 대해서 자연스레 유추하게 된 셈이다.

'살아 있는 몸으로 이런 파동을 만든다라…….. 그것도 픽시 웜이라는 것과는 비교도 안 되는 수준이다.'

평범한 사람이라면 저런 파동의 티끌만큼만 내뿜어도 사지 육신이 버티지 못할 것이다.

강서린이 궁금해하는 부분도 바로 여기에 있었다.

'저 정도 되는 자가 죽으려고 환장했다?'

잠시 고민하던 그는 이내 건조한 표정으로 돌아왔다. 반면에 감춰진 눈빛 속에는 좀 더 강렬한 기세가 솟구치고 있었다.

'도를 넘었군.'

무엇보다 그의 심기를 자극하는 건, 저런 파동을 인위적으로 만들 수 있다면 살아 있는 인간 폭탄도 제조할 수 있다는 의미인 탓이었다.

웬만한 건 그러려니 하고 넘기는 그였지만, 이번만큼은 그냥 넘어갈 수 없었다.

그러나 그건 차후에 해결할 문제.

강서린은 조금씩 부아가 치밀고 있었다.

그의 성격상 지금까지 숨죽이고 있는 것만 해도 상당한 인내심을 필요로 했다. 그런데 이 인내심도 슬슬 바닥을 치고 있었다.

"남궁 늙은이도 물러 터졌군. 한 주먹 감도 안 되는 놈의 뻔한 수작질에 참고 있으니."

불과 벽 하나 차이.

만약 남궁관악이 이런 강서린의 중얼거림을 들었다면 펄쩍 뛰다 못해 입에 거품을 물었을지도 모르겠다.

'환장하겠구나. 그자가 제자 아이를 도와줬다고 들었을 때 미리 예상했어야 하는데…….'

실상 그는 이런 상황에서도 침묵할 만큼 온화한 성정이 아니었다.

초인의 반열에 오르고 나름 체면을 중시하게 된 터라 대부분의 사람들이 오해하고 있었지만 그는 결코 무른 성정이 아니었다.

일찍부터 왜 별호가 검치겠는가?

검에 미쳐서? 물론 그것도 해당하지만 한 번 뽑은 검은 절대로 그냥 집어넣지 않기 때문이었다.

그리고 총단으로 들어올 즈음만 해도 그의 심중은 분명 반쯤 검을 뽑고 있었다.

그런데 천무전에 오르기 앞서 미리 만난 남궁가주를 통해 '북궁가의 셋째와 살륙단이 모두 살해당했는데 감히 놈들이 사숙님을 의심하고 있습니다.' 라는 말을 들었고, 이는 그를 자의 반 타의 반으로 침묵하게 만드는 이유였다.

물론 남궁관악 본인이 그 자리에 있었다고 해도 절대 그냥 두지는 않았을 것이다.

'아무리 그래도 그렇지. 반쯤 죽이거나 단전을 부숴 버리면 될 것을…… 죄다 죽여 버릴 게 뭐란 말인가? 그놈의 성질머리하고는……. 끄응.'

강서린이 피를 본 건 알고 있었지만 이 정도로 심할 줄은 전혀 예상치 못한 그였다.

어찌 됐든 괜한 오해를 사기 싫어 참으며 들어주고 있으나 그는 자부심 강한 초인이었다.

만약 중국 땅에 강서린과 같이 오지 않았다면 벌써 뒤집어엎고도 남았을 것이다.

"그래서 어떻게 하자는 겐가? 조사를 원한다면 내 협조토록 하지."

드디어 굳게 닫혀 있던 남궁관악의 입이 열렸다. 검치의 도발이라는 목적 달성에 성공한 북궁신재는 득의에 찬 눈빛으로 누가 끼어들세라 재빨리 입을 놀렸다.

"제가 어찌 감히 검공께 무례를 범할 수가 있겠습니까? 다만 셋째 도련님을 잃은 본가의 슬픔이 적지 않습니다."

"노부는 서론이 긴 걸 썩 반기지 않는다네."

"커험, 큰 걸 바라는 게 아닙니다. 이번에 저희 세가에서 어렵사리 빈객 한 분을 모셨는데 이분께서 검공과의 비무를 원하고 계십니다. 가능하면 지금 이곳에서 말입니다."

북궁신재의 요구가 들리자마자 이제는 화를 내기보다 황당하다는 반응들이 분분하게 터졌다.

"허! 북궁세가에서 단단히 미쳤구먼."

"지금 제정신으로 지껄이는 말인가?"

"뉘 앞에서 저따위 망발을!"

"허어!"

장내는 소란스러워졌지만 남궁관악은 오히려 미소를 지었다.

"받아주지. 빈객을 모셔오게."

"노사님께서는 이분과 구면이시니 잘 아시겠습니다만, 다른 분들을 위해 소개해 올리겠습니다. 당가의 가주이신 당무독 대협이십니다."

"······!"

일순 무거운 적막이 좌중을 쓸고 지나갔다.

남궁관악의 얼굴에도 미소가 사라졌다. 그러나 그의 두 눈은 노안이라고 하기에는 가당치 않을 만큼 무서운 기세를 뿜으며 누군가에게 닿았다.

"검치, 오랜만일세."

마치 먹물을 바른 것처럼 시커먼 피부를 가진 괴인이 그 피부만큼이나 괴이한 목소리를 내며 장내로 들어왔다.

드러난 손은 앙상했지만 그 끝에는 날카롭게 벼려진 회백색 손톱이 달려 있고 얼굴과 손을 제외한 온몸이 일체형 당의로 뒤덮여 있었다.

괴인을 향한 남궁관악의 안면 위로 급격한 노기가 번져 갔다.

"고연! 이게 지금 뭐하는 짓들이냐!"

초인의 살기는 범인이 받아낼 만한 성질의 것이 아니다. 여기 있는 인물 중 고수 아닌 자가 없긴 했으나 초인의 살기를 무시하고 끼어들 정도는 아니었다.

오죽하면 용담을 삶아 먹은 것처럼 끝까지 입을 놀리던 북궁신재도 지금만큼은 퍼렇게 질린 채 코끝만 부르르 떨 정도였다.

그러나 단 한 사람.

놀랍게도 괴인은 남궁관악의 살기에도 여유를 잃지 않았다.

"끌끌, 너무 그러지 말게. 어차피 자네와 나의 십년지약이 며칠 앞으로 다가오지 않았는가?"

"당가 노독물, 십 년 전과 천지차이로 달라졌구나."

"당가의 핏줄에게 십 년은 적은 세월이 아니지."

"공명심을 탐하고자 북궁가와 손을 잡았느냐?"

"끌끌, 그렇고말고. 당가의 부활을 위해서는 어쩔 수 없었지."

"참으로 우매한 자로다. 이따위 추잡한 짓거리를 한다고 당가가 인정받게 될 줄 아느냐?"

"자네야말로 위선이 아닌가? 당가는 본디부터 세가 중 하나였음이다. 헌데 당가의 진전을 이은 나 당무독이 독을 쓴다 하여 십년지약이란 족쇄로 당가의 부활을 막은 자가 누구더냐?"

불현듯 악에 받친 것처럼 쏘아붙이는 괴인의 태도에 남궁관악의 허연 백미가 꿈틀거리며 올라갔다.

"당무독, 그래서 기회를 준 것이다. 독을 쓰든 암기를 쓰든 십년지약으로 노부를 이기면 내 검을 넘어서면 당가를 인정하겠노라고."

"끌끌! 자네는 그럴지 몰라도 다른 자들은 아니지. 당가의 무공에는 살아날 틈이 없으니까. 내가 검치를 이긴다면 검치는 죽을 것이고 그리 되면 나와 당가는 또 오랜 세월을 기다여야겠지."

다른 걸 다 떠나서 지금 울려 퍼진 말은 노골적으로 자신이 검치를 이길 수 있다는 선언이었다.

"⋯⋯!"

좌중은 하나같이 당무독의 만용에 할 말을 잃어버린 분위기였다.

누가 있어 감히 조사의 동상을 모신 천무전 한복판에서 세가연합이 자랑하는 중원제일검을 살(殺)한다고 선언할 수 있겠는가?

남궁관악의 동공에서 서릿한 안광이 뿜어졌다.

"내 오늘 창궁의 검이 얼마나 매서운지 깨닫게 하리라."

CHAPTER **07**
독공과 검공

독(毒)!

고래로 암기와 함께 가장 애용하는 살상의 방법이 독이
다.

하지만 이러한 독과 암기는 멸시받는 비주류로서 온전한
사승 관계를 형성하고 대물림되는 경우가 매우 드물었다.
그나마 피의 역사를 이어온 무림의 무인들 중에 구사일생
의 수법으로 암기를 휴대하고 사용하는 경우가 종종 있었
지만, 독은 또 달랐다. 암기보다 살상력이 높을뿐더러 초보
자가 다루기에 훨씬 용이했다. 때문에 독을 다룬다는 건 스

스로를 암살자라 낙인찍는 셈이나 다를 바가 없었다.

그런데 이런 천대받는 방문외도의 수법인 암기와 독을 일약 주류로서 끌어 올린 가문이 있었으니 바로 사천의 전설적인 세가인 당가였다.

그 옛날, 당가가 자랑했던 오대 심법은 암기와 독을 공(工)으로서 인정받게 할 만큼 그 기법의 으뜸으로 정종(正宗) 정파에서조차 모두가 인정하고 있는 사실이었다.

그리고 이런 심법을 기반으로 활용되는 팔대 극독과 구대 금용암기의 위력은 당가를 누구의 눈치도 보지 않는, 명실공히 천독제일세가라는 찬란한 역사를 이룩하도록 만들었다.

그러나 현대에 이르러 이런 당가의 위명은 되살아난 명문대파와 오대 세가와는 반대로 부활의 기미조차 보이지 못했었다.

당가가 정종의 인정을 받았던 이유에는 그 행사의 정대함에도 있었으나 하독과 암기 수법의 근간을 이루는 절세적인 기공을 인정받았기 때문이었다.

그런데 이 기공의 근간이 되는 흡기의 공능이 사라짐에 따라 독과 암기는 주인인 그들 스스로도 제어하지 못할 입안의 칼이 되어버리고야 말았다.

외부의 핍박도 심했지만 자부심 강하기로 유명했던 당가

는 어떻게든 독과 암기를 놓지 않으려고 했고 결국 시류에 휩쓸려 후손조차 남기지 못한 것이다.

그러다가 돌연히 이십여 년 전.

놀랍게도 사천의 땅에서 독과 암기의 부활을 외친 이가 나타났으니 훗날 오독혈마(五毒血魔)라는 악명을 얻은 당가 의 진혈 당무독이었다.

당무독은 걸출한 강자였다.

특히 당가의 팔대 극독 중 오독탈명산(五毒奪命散)을 복 원한 그는 중국 지하 무림에 몸담은 이들에게 있어 죽음의 사신이나 다름이 없었다.

과거 황제도 함부로 대하지 못했다는 당가의 무서움을 증명하기라도 하듯 오독탈명산을 곁들인 그의 독공은 소수 와 다수를 가리지 않고 살인적인 위용을 과시했다.

그가 멸망한 사천당가의 후손이란 사실이 퍼지기 무섭게 고착화된 무림 최고계층의 지각변동을 예상하는 세인들도 적잖을 만큼 오독혈마의 존재감은 나날이 커져만 갔다.

그러나 모난 돌이 정에 먼저 맞는다고 했던가?

파죽지세로 당가의 부활을 외치던 당무독이 돌연 자취를 감추었다.

그 이유에 대해서는 이십 년의 세월이 흐른 지금까지도 분분했으나 딱히 확실시되는 내용은 없었다.

누구는 구정회나 오련맹이 손을 써 죽었다고 하고 누구는 더욱 대단한 독공을 수련하기 위해 은거했다고도 한다.

물론 둘 다 아니었다.

그가 죽었거나 다른 이유로 은거했다면 지금 그의 등장과 내뱉는 말로 인해 세가 가주들의 얼굴이 굳어질 이유가 없었을 테니까.

오련맹의 대연무장.

"너희가 검과 도를 휘둘러 세를 유지하는 것과 당가의 후손인 내가 독과 암기로써 당가의 땅을 찾으려는 게 무엇이 다르단 말이냐? 헌데도 너희 오대 세가는 저자를 보내 당가의 독공이 위험하단 핑계로 나를 억압했다."

당무독은 씹어 삼킬 듯이 내뱉으며 두 발을 살짝 벌린 채로 양손의 출수를 준비하고 있었다. 그의 손끝을 따라서 시커멓고 진득한 기류가 허공을 타고 아지랑이를 그렸다가 사라졌다. 아지랑이는 바로 독기가 만들어낸 기의 응집체. 현대에 재현된 당가의 독공을 과시라도 하듯 그의 이 같은 신위는 모두의 신음성을 자아내기에 충분했다.

원래 과묵한 성격의 남궁관악은 묵묵히 대연신공의 진기를 전신에 두르며 서서히 진해지는 독기에 방어 태세를 갖추고 있었다. 그러다가 당무독이 마치 항변해 보라는 것처럼 세가주들이 있는 쪽으로 외치자 서릿발 같던 그의 얼굴

위로 한 가닥 침중함이 올라왔다.

"그대의 말이 옳을지도 모르지. 사람이란 본디 자신의 것을 빼앗기기 싫어하는 법이니까. 허나 이유 여하를 막론하고 그대의 독공은 위험천만함이다. 독이란 자격을 갖추지 못한 자도 너무도 쉽게 사람을 해하게 하는 마물. 하물며 어린아이 손에 쥐어줘도 사람을 해할 수 있는 당가의 독이 어찌 세상을 어지럽히지 않겠는가?"

"크크큭, 그야말로 궤변이로구나. 어린아이가 칼을 쥐면 그것은 칼이 아니더냐? 과거의 위대했던 당가가 온전했다면 어찌 감히 그런 궤변으로 당가의 독공을 핍박할 수 있겠는가!"

괴소에서 시작하여 고성으로 끝나는 당무독의 울분에는 지난 세월의 한스러움이 담겨 있었고 그 격정만큼이나 무시무시한 손속을 드러내기 시작했다.

검은 기류에 휩싸인 비쩍 마른 손톱이 어느새 남궁관악의 가슴을 파고들었는데, 남궁관악이 순식간에 피하자 재차 당무독의 손끝이 번개처럼 짓쳐들었다.

두 사람의 손속이 번갈아 겹쳐졌고 보기에 따라 막상막하의 실력을 선보이고 있었다.

남궁관악은 때론 상체를 뒤틀어서 피하고 매우 근접한 뒤 칼집을 이용해 튕겨내길 수차례 반복했다.

범인이라면 실로 눈으로써 분간하기 힘들 만큼 빠른 격돌.

'퇴보는 고사하고 초인의 경지에 근접했구나!'

남궁관악은 내심 감탄하고 있었다. 지난 십년지약 이래 재차 십 년이 흘러 적게 잡아도 한 갑자에 달해 있을 당무독의 나이를 생각할 때, 뼈를 깎는 고행과 천운이 뒤따르지 않으면 도달할 수 없는 성취였던 것이다.

상대의 실력이 어느 정도 파악되자 그는 더 이상 주저하지 않고 즉시 창궁무애검의 기수식을 취하기 시작했다. 서늘한 푸른 검기가 청강검에 맺히면서 은은한 서기를 뿌리기 시작했다.

당무독은 기수식만을 보고도 그것이 과거 절정기의 기량을 자랑했던 자신을 무릎 꿇린 정파 최고의 검법 중 하나인 창궁무애검임을 알 수 있었다.

"크하하! 잘들 보아라! 이십 년 전에도 빛나던 저 창궁의 검이 아니면 어찌 감히 나 당무독이 패했겠는가!"

불현듯 터지는 당무독의 광소가 연무장을 뒤흔들었다. 바보가 아닌 이상에야 이 말뜻을 알아듣지 못할 사람은 없었다.

당시 자신의 상대가 초인이 아니었다면 자신이 결코 패하지 않았을 것이란 광오한 선언과도 진배없었다.

그리고 당무독은 자신의 이런 선언만큼이나 강렬한 기세를 뿜으며 남궁관악의 배와 얼굴을 노리고 공격을 가했다. 당가의 비전으로 만들었다고 알려진 그의 독조(毒爪)가 실상 진정한 절기의 도구에 불과했다는 사실이 만천하에 드러나는 순간이었다.

"이게 만독여래수니라!"

당무독의 손톱 끝에서 진득한 독기가 시퍼렇게 변하더니 거미줄처럼 뿜어 나와 남궁관악에게 쇄도해 들어가기 시작했는데, 이야말로 독기 그 자체를 넘어선 독을 품은 기의 형상화.

"독강이다!"

누군가의 입에서 찢어질 것 같은 경악성이 터져 나왔다. 옛 고문서에나 언급되던 독강의 출현에 관전하던 세가주 등의 눈동자로 경악의 빛이 떠올랐다.

"저, 저자가 초인이라니!"

자신만만하게 북궁가의 만용을 비웃던 남궁문이 상상을 초월하는 당무독의 경지가 드러나자 무릎을 치며 기겁을 터트렸다.

'대단하다. 그래도 이기지 못할 정도는 아니지.'

모든 사람들이 놀라서 격양되는 사이에도 남궁관악은 침착했다. 그의 검은 이미 상대의 출수에 맞춰 변화되며 창궁무애검의 12식 중 제5초인 무애만변의 초식을 취하고 있었다.

남궁관악의 검세는 마치 파도와 같았다. 끊임없이 변화하는 청감검의 기세는 도도히 흐르는 강의 물결처럼 보이다가 다시 거대한 파도처럼 몰아치고, 실바람처럼 고요하다가도 폭풍처럼 거칠어졌다. 그야말로 천변만변(千變萬變)하는 변화무쌍함이 만독여래수의 독장을 산산이 흩트려 놓기 시작했다. 그리고는 마치 사나운 맹수의 발톱처럼 돌변하며 당무독을 압박하기 시작했다.

당무독은 초인의 경지에 올라서며 발휘할 수 있게 된 파쇄지나 절독지 같은 원거리 기공을 비롯, 간간이 암기도 활용했지만 청강검의 초식 변화를 도저히 따라잡기 힘들었다.

다행히 독룡진천보 같은 공세를 겸하는 보법의 이득을 봐서 간신히 청강검을 떨쳐냈지만 어느 사이 가슴 한쪽이 벌겋게 물들어 버렸다.

'과연 일찍이 중원제일검에 오른 검치로구나. 내 공력이 낮아 가문의 보법을 쓰지 못했더라면……'

그는 모골이 송연해졌다. 하마터면 몸이 두 동강날 뻔한 것이다. 그러나 당무독 역시 백전노장이었다. 초인의 경지에 올랐다고 해서 훨씬 먼저 초인이 된 검치를 이길 수 있다고 자신하며 마냥 어리석은 만용을 품고 이 자리에 나온 게 아니었다.

그랬다. 믿는 바가 있지 않았다면 벌써 허둥댄 나머지 두 쪽으로 갈라진 채 누워 있었을 것이다. 이때부터 당무독은 정면 대결을 피하고 연무장 주위를 빙빙 돌며 산발적으로 초식을 교환하기 시작했다. 비장의 수법을 발휘하기 위해서는 약간의 시간이 필요한데 그 틈을 만들려는 속셈이었다. 그래서 먼저 공격하다가도 남궁관악이 검식으로 대항하면 재빨리 뒤로 물러나 버렸다. 독기를 품고 있는 당가의 보법은 물러나면서도 상대에게 독기를 흩뿌렸고 이 때문에 남궁관악의 검도 번번이 결정타를 이어가지 못하는 것이다.

그러나 이런 상황이 오래 지속될 수는 없었다.

원래 살검의 기본은 일격필살을 기본으로 하고 있다. 살검을 휘두르는 남궁관악이 약간의 손해를 감수하더라도 독기를 뚫고 들어가 필살의 일격을 가하면 당무독이 피할 방도가 없는 것이다.

'무엇을 노리고 있지?'

당무독의 의도를 그보다 더욱 높은 경지에 달한 남궁관악이 눈치채지 못할 리가 없었다. 그래서 될 수 있으면 미리 대비한 상태로 도발하여 드러나게 하려고 했으나 상대의 조심성이 그것을 허용하지 않았다.

그러기를 십여 차례 거듭하자 그의 이맛살은 눈에 띄게 찌푸려져 있었다. 중원제일검으로서 가지고 있던 자부심에 손색이 간다는 생각이 든 것이다.

'결착을 내야겠구나……'

남궁관악은 절초를 사용하기 위한 공력을 끌어모으기 시작했다. 한순간의 호기로 상대의 장단에 맞춰주려는 게 아니었다. 당무독의 경지가 자신보다 월등하다면 모를까, 위협적인 함정을 파냈다고 해도 그는 능히 함정을 파훼할 자신이 있었다.

어디까지나 그는 천년검가의 무공을 섭렵한 일대검호. 당무독이 숨기고 있는 당가의 무공에 결코 뒤떨어지지 않는 절기를 숨기고 있었으니까.

보고 있던 남궁가의 인물들은 당연히 자신들의 태상이 이기리라 믿고 있는 눈치였지만 처음과는 달리 계속되는 접전에 우려 어린 표정을 감추지 못하고 있었다.

그렇다고 섣불리 나설 수도 없는 입장이었다. 상황이야 어떻든 간에 오대 세가의 일원인 북궁세가에서 주최한 비무였고 이미 연무장에 나설 때부터 끼어들 수 있는 여지가 사라진 셈이었다.

당무독은 검세를 멈추고 태산처럼 무거워진 남궁관악을

보며 음흉한 미소를 지었다.

'이제 천극귀원신공의 진정한 힘을 쓸 때가 됐군!'

그를 초인으로 만들어준 천극귀원신공에는 하나의 극공이 수록되어 있었고 이 극공을 사용하면 단 십 시진(20시간)에 불과하지만 본신이 가진 내공의 세 배에 가까운 엄청난 진력을 사용할 수 있게 된다.

물론 그 후에는 한 달이란 긴 시간 동안 손가락 하나 까닥하지 못한 채 요양을 취해야 했다. 무턱대고 함부로 쓸 수 있는 무공이 아닌 것이다. 그러나 이런 제약을 감수하더라도 지금 이 자리에서 검치를 찍어 누르는 건 충분히 값어치 있는 일이었다. 그가 상대인 남궁관악의 방심을 유도한 것도 그런 이유 때문이었다. 압도적인 위용을 보이기 위해 지금과 같은 때를 기다린 것이다.

이제 검치를 죽이는 건 언제든 가능한 일이 될 것이다. 하지만 명색이 중원제일검이자 초인이니 온갖 발악을 다하게 만들고 죽일 심산이었다.

사천당가의 선조가 남긴 천극귀원신공의 극공이 남다른 점은 십 시진 동안 무적의 신위를 가질 수 있게 한다는 점이었고 그 정도 시간이면 검치를 죽이고 나서도 얼마든지 안전한 모처로 돌아갈 여유가 있었다.

다음 순간, 남궁관악이 검을 곧추세우고 강력한 절기를

담아내려 하는 찰나, 당무독의 안면이 광소로 얼룩지며 전신에 서린 독기가 거짓말처럼 사라졌다.

"크하하하! 이제 당가의 앞을 가로막는 창궁의 검을 부수고 천독제일가의 부활을 선포하겠노라!"

남궁관악은 결정적인 시점에 마치 미친 사람처럼 광기를 뿜는 상대의 기이한 행태에도 이를 무시하고 검에 집중할 만큼 정신적으로도 흔들림이 없는 경지였다.

하지만 남궁관악은 도저히 자신의 검에만 심력을 쏟을 수가 없었다. 정확히 뭔지는 알 수 없으나 전신을 오싹하게 만드는 기이한 위화감이 덮쳐오는 것이다.

남궁관악의 노안이 자신도 모르게 흔들리는 순간이었다.

북궁신재는 당무독의 선전을 보고 어느 정도 안심을 한 뒤, 조용히 빠져나갈 궁리를 하고 있었다. 자신이 직접 보았던 폭마공(爆魔攻)의 위력이라면 남궁관악의 죽음과 함께 이곳 연무장의 모든 생명체가 멸살될 게 분명했다.

'과연 군사의 계획은 틀림이 없구나. 위험천만한 일이지만 직접 나서길 잘했어. 흐흐.'

북궁신재는 내심 득의에 찬 미소를 지었다. 이제 모두가 넋이 나간 틈을 타 마지막 일을 성공하면 그토록 원하던 일인지하만인지상의 자리에 오를 수가 있었다.

북궁위운은 자신의 이런 감정을 굳이 숨기지 않았다. 어차피 여기 있는 인물들은 오늘 이후로 살아남지 못할 것이다. 또 자신을 막을 수 있는 유일한 걸림돌인 본가의 대장로는 무조건 자신의 말을 들어야 할 처지였다.

"흠! 대장로님, 이거 이 사람이 다른 일 좀 보려고 각 세가의 차석 장로들을 모아놨는데 벌써 약조한 시간이 지났지 뭡니까? 잠시 다녀오도록 하겠습니다."

"좋을 대로 하게."

천고의 고수들이 격돌하고 있는 상황이다. 무인이라면 단 일순간도 눈을 떼기 힘든 광경을 앞에 두고 누가 들어도 뜬금없는 소리였지만 정작 같은 세가의 윗사람인 북궁대로가 허락하는 데 딱히 끼어들 이유가 없었다.

또한 북궁신재가 사라진다고 해도 북궁대로가 자리를 지키고 있으니 이는 조금이나마 들지도 모를 주변의 의심을 훌륭히 가려주는 장막이었다.

무엇보다 세가주들이나 다른 대장로들 입장에서는 제2장로에 불과한 북궁신재가 사라지건 말건 천하 최강의 고수들이 겨루는 비무에 관심이 쏠리는 게 당연했다.

남궁관악은 자신의 정심이 흔들리는 것을 느꼈다. 오랜 세월을 고행하여 완성된 그의 경지가 상대에게서 뿜어 나오는 무지막지한 거력을 놓치지 않은 것이다. 아니, 정확히 따지면 과거에 딱 한 번이지만 지금 같은 압박감에 노출된

적이 있었다.

'이자가 저리도 당당하게 나설 만한 이유가 있었구나. 내 검이 소드마스터를 제외한 다른 자의 기세에 떨릴 줄이야……'

그냥 강한 정도가 아니었다. 이런 느낌이 들자마자 다른 사람들의 눈에는 보이지 않겠지만 창궁무애검의 검기가 휘어질 만큼 말도 안 되는 거력이 닥쳐오는 것이다.

남궁관악은 취하고 있던 기수식을 그대로 둔 채 창궁무애검의 절정 기파를 뿜어내며 심신을 방어하려 했으나 마치 손바닥으로 쏟아지는 폭포를 막는 것처럼 역부족인 버거움을 느꼈다.

심기일체라는 말이 있다.

경지에 달한 무인에게 있어 심력의 소모는 체력의 소모만큼이나 경계해야 하는 부분이었다. 문제는 심력을 지키기 위해 방어에 나선 진기가 고작 서 있는 것만으로도 소모되고 있다는 사실이었다.

당무독은 마치 이 상황을 즐기는 것처럼 여유롭게 마주 보고만 있을 뿐이었다. 그런 그의 눈빛은 남궁관악이 제풀에 지칠 즈음, 일장으로써 자신의 위용을 선보이겠다는 오만함으로 가득 차 있었다.

'이대로는 안 된다.'

낭궁관악은 때가 됐음을 직감했다. 더 이상 버틴다면 물리적 공세에 있어서도 밀릴 게 명약관화한 상황. 그는 단전의 모든 기운을 검에 집중했다.

동시에 그로서는 초인이 경지에 오른 이래, 스스로도 짐작하기 힘들었던 최악의 경우를 염두에 둬야만 했다.

'만약 내가 당무독에게 죽는다면 창궁무애검의 비기(秘技)는 실전(失傳)되고 말 터인데……'

물론 비록(秘錄)이 있다고는 하지만 옛 무림 시절과 현대의 수준은 너무도 달라 비록만 가지고는 진정한 경지에 들기가 요원했다. 그래서 그는 자신이 죽기 전에 시대에 맞는 주석을 달고 비록을 재정립하고자 했었다.

그렇지만 뜻하지 않은 자리에서 승리를 자신하지 못하게 되자 문득 가문의 편액이 떠오르며 깊을 회한을 느꼈다.

그런데 그런 복잡한 상념이 겹치는 가운데 갑자기 좌중에서 크게 놀란 듯이 커다란 외침이 분분히 들려왔다.

"저, 저기! 저길 좀 보시오!"

"허억? 저, 저!"

남궁관악은 긴 호흡을 내쉬며 한 발자국 뒤로 물러섰다.

그 역시 갑작스레 뒤에서 터지는 외침들을 듣기는 했으나 필살의 태세에서 함부로 신경을 분산시킬 수는 없는 노릇이었다. 그런데 허탈하게도 온몸을 부술 것처럼 압박하던 당무독의 파괴적인 기세가 거짓말처럼 줄어드는 것이다.

'고연! 무슨 수로 괴물같이 강해졌는지는 모르나 감히 남궁의 검을 앞에 두고 한눈을 파는가?'

남궁관악은 자존심이 상하긴 했으나 실리를 놓치지 않았다. 그는 이 틈을 이용해 재빨리 단전의 기운을 다스리기 시작했다.

한편, 두 초인의 격돌에 넋을 잃었던 인물들은 도무지 현실성 없는 광경에 찢어질 것처럼 눈자위를 벌리고 있었다.

질질…….

저자가 왜? 하나같이 이런 의문을 가질 만큼 모두가 아는 얼굴이 뒷덜미를 잡힌 채 개처럼 끌려오고 있었다.

불과 수 분 전만 해도 북궁세가를 등에 업고 마치 가주라도 된 것처럼 오만불손하게 굴던 자.

북궁신재는 지금 제정신이 아니었다.

'크윽! 이게 꿈인가, 생시인가?'

그는 자신이 이 연무장으로 되돌아올 것이라곤 꿈에도 생각지 못했었다.

이게 꿈이 아니라면 지금 상황이 도무지 이해가 되지 않는 그였다. 분명 북궁세가에서 포섭한 차석 장로들이 기다리는 방으로 향하고 있었다. 이들은 오늘 벌어진 '불미스런 사고'의 증인이 될 것이고 자신은 오늘부로 장로원의 정점에 선 최고 장로에 오를 것이다. 그런데 이게 무슨 날벼락이란 말인가?

정체불명의 그림자가 앞에 나타나더니 뭘 어떻게 할 사이도 없이 제압당했다. 무슨 사술에 당한 건지 정신을 멀쩡한데 손가락 하나 까닥할 수 없었다. 마치 신체의 모든 기능이 정지된 것 같은 무력감이 온몸을 지배했다.

그리고 간신히 정신을 차렸을 때는 이미 연무장의 차가운 돌바닥이었다.

풀썩!

돌바닥의 차가운 감촉이 안면을 때렸다.

'으으……!'

북궁신재는 죽을힘을 다해 발버둥 쳤지만 그의 발버둥은 머릿속에서만 이뤄질 뿐이었다.

갑자기 남궁관악의 눈에 희미한 환영이 비쳐들었다. 어디선가 나타난 그림자가 앞을 막아서더니 단번에 자신을 압박했던 당무독의 무형지세를 갈라 버리는 것이다.

그는 공황상태에 빠진 북궁신재와는 전혀 다른 의미에서 환상을 보는 느낌이었다. 뒤이어 경외감이 밀려들었고……,

이어진 순간에는 경악했다.

"……!"

당무독은 어이가 없었다. 예상은 했지만 극공과 조합된 신공의 힘은 놀라워서 저 무서운 검치의 검도 젓가락처럼 느껴지게 할 지경이었다. 그는 득의양양했고 이제 명실공히 당가의 부활을 천명할 때가 됐다고 생각하고 있었다.

그런데 돌연 검을 곧추세우는 검치의 뒤쪽 연무장 외곽에서 눈을 의심케 할 만큼 어처구니없는 광경이 펼쳐지는 것이다.

'이게 대체?'

당가의 부활을 약속하고 오늘의 '선포전'을 계획할 만큼 북궁세가의 입지는 오대세가 중에서도 독보적인 위치에 달해 있었다. 그러니 저런 광경은 말이 안 되는 것이다.

그러나 그가 이런 의문을 채 표출하기도 전에 상황은 전입가경으로 달라지고 있었다.

불청객의 난입은 유령처럼 가볍고 쾌속했다. 게다가 별로 힘도 들이지 않고 흑천자풍신공의 기파를 가로막았다.

이는 당무독 본인의 손속이 직접 막힌 것만큼이나 믿기 힘든 상황이었다.

강자의 오만함이 넘실거리던 그의 주름진 눈자위가 찢어질 것처럼 벌어졌다.

저 검치도 쩔쩔매는 판국에 정체도 알 수 없는 녀석이 신공의 영향을 받지 않는다고?

검은 하늘을 바람을 담아 상대를 압살시키는 무공!

그 오묘함만 따지면 당가의 자랑인 만류귀원신공에는 미치지 못하지만 일단 익히기만 하면 거의 무적을 자신할 만큼 대단한 위력을 자랑했다. 오죽하면 신공을 담은 비록에 의형살인강이라는 별칭이 따로 붙어 있을 정도였다.

단지 이를 익히려면 최소 백 년의 내공을 수반해야 하는 탓에 당가의 선조 중에서도 조사로 손꼽히는 절대자만이 가능했다고 알려진 신공이 바로 흑천자풍신공이었다.

우연히 천극귀원신공을 발견하고 이 신공의 힘을 확인한 그날부터 당무독은 흑천자풍신공의 재현을 꿈꿔왔다.

천극귀원신공의 놀라운 공능으로 상승한 일갑자의 내공에 신공 상의 비기인 극공을 더한다면 시한부지만 흑천자풍신공을 발휘할 수 있는 백 년의 내공도 꿈이 아니었다.

이미 반년 전, 극공의 위력을 처음으로 체감하던 날!

그 엄청난 내공에 흥에 겨웠던 그는 이론으로만 알던 흑천자풍신공을 운용했고 또 어렵지 않게 재현에 성공했다.

내공만 받쳐준다면 이미 그가 익히고 있는 당가의 심법들과 비교해 크게 어려울 것 없는 신공이었으니까.

천극귀원신공에 나와 있는 극공에 관한 주의 사항대로 거의 한 달간 요양을 하고 본래 몸 상태를 회복한 그는 몇

개월 뒤에 있을 십년지약을 기다렸고, 흑천자풍신공의 절대적인 힘을 통한 통쾌한 설욕을 다짐하고 또 다짐했다.

그렇게 오늘.

당무독은 자신은 암묵적으로 자신을 돕던 북궁세가의 요청을 받아들였고 공개적인 자리에서 예상했던 것보다 더욱 손쉽게 저 중원제일검을 찍어 눌렀다.

그런데 그런 초인조차 꼼짝도 못하게 만든 자신의 흑천자풍신공을 태연하게 막아서는 자라니!

'심상치 않구나!'

노련한 그는 경악과 동시에 대단한 강적이 나타났음을 직감하고 부지불식 상대를 살피다가 다시 한 번 놀라고야 말았다. 상대는 예상과는 다르게 갓 20대의 젊은 청년에 불과한 것이다.

청년은 비록 눈에 띄는 미남은 아니었지만 꽉 다문 입술과 커다란 눈에서 담담함이 풍겨 나왔다. 그는 드넓은 망망대해를 대하는 듯한 묘한 분위기를 자아냈다.

당무독은 이 기이한 풍모의 청년을 바라보며 가슴이 철렁이기 시작했다. 평생을 당가의 부활에 힘썼던 이 고독한 노고수의 육감은 그렇게 뭔가 모를 위험을 감지했다.

"네놈은……."

자신도 모르게 한마디 내뱉던 당무독은 미처 상대의 대

답을 듣지 못했다.

"자네가 어찌 이곳에 있단 말인가?"

남궁관악이 당혹감이 가득해진 얼굴로 검까지 내려뜨린 채 청년을 보며 묻고 있었다.

CHAPTER **08**
최강자의 등장

　강서린은 산책하는 듯이 태연한 보폭으로 두 사람과의
거리를 몇 발자국 더 좁혔다.

　세모꼴이던 세 사람의 위치가 그가 앞으로 걸어옴으로써
일자형으로 변했고 두 초인 사이에 한 사람의 불청객이 우
뚝 서는 광경이 펼쳐졌다.

　"물러나라. 저자를 없애야겠다."

　강서린은 남궁관악을 향해 말했다. 잔잔하면서도 명령조
가 섞인 음성이었다.

　차분하고 나직했기에 연무장 전체에 울릴 정도는 아니었

으나 적어도 남궁관악의 귀에는 웬만한 청천벽력보다 커다랗게 느껴질 지경이었다.

다른 사람도 아니고 저 최강자가 고작해야 일대일 비무에 끼어든다고?

이자에 대해서는 나름 남들보다 잘 안다고 자부하고 있었기에 도무지 믿어지지가 않는 것이다.

그러나 상대가 상대인 만큼 남궁관악으로서도 더 이상 지체하기보다 서둘러 자신의 의중을 피력했다.

"으으음, 심히 당혹스럽구려. 여기까지 와준 호의는 감사하나 이 비무는 노부가 동의한 것이오. 허나 설령 이 비무에서 패해 목숨을 잃을지언정 노부 또한 무인으로서 감수해야 할 몫이니 양해 부탁드리리다."

상대가 아무리 어려운 존재라도 결코 타협할 수 없다는 굳은 의지가 조심스레 묻어나오는 어조였다.

강서린은 이런 그의 반응을 이해했다. 그렇지 않다면 귀찮게 말을 섞기보다 곧바로 손부터 썼을 것이다.

"정상이라면 그렇겠지. 허나 저자는 얘기가 다르다."

"그게 무슨 말이오?"

"내가 나서지 않으면 나를 제외한 여기 있는 모든 것들이 박살 나겠지. 당신은 물론 저들까지 포함해서."

"허어!"

도무지 이해하기 힘든 그의 설명에 남궁관악은 영문을
모르겠다는 표정이었다.

자신이 나서지 않는다면 당무독의 손에 모두 죽임을 당
할 거라는 말과 진배없지 않은가?

"그럴 리가 없소이다. 저자가 비록 혈마라는 별호로 불리
기는 하나 이 비무자리에서 무차별적인 살상 행위를 할 만
큼 피에 미친 마귀라는 의미는 아니란 말이오. 또한 노부가
패한다고 해도 이곳에 있는 분들의 무위는 결코 나약하지
않소이다."

강서린은 슬쩍 이맛살을 찡그렸다. 그는 누군가를 이해
시키거나 납득시키고 움직이는 스타일이 아니었다.

그러나 거침없는 것과 무뢰한 행위는 다르다.

최소한 이 판은 자신이 아니라 남궁관악이 벌인 판이었
고 이 점을 무시한 채 손을 쓸 만큼 급박한 상황 역시 아니
었다.

"늙은이도 느꼈을 텐데? 저자는 불안정하지. 그것도 제
놈 죽는 걸 모르고 몸 안에 폭탄을 만든 채로 말이다."

"……허어!"

남궁관악은 그저 헛숨만 나올 정도로 할 말을 잃은 기색
이었다.

그런 그를 무시한 채 강서린은 살짝 턱을 매만지며 고개

를 끄덕였다.

"그렇군. 저자는 흔들수록 터지기 쉬운 폭탄하고 비슷하다. 아마 몇 번 힘을 쓴다면 터져 버리겠지."

"……알았소이다."

이제 남궁관악은 뒤로 물러날 수밖에 없었다. 소드 마스터 강서린은 결코 허언을 하지 않는다.

그가 그렇다면 틀림없이 그런 것이다. 굳이 소문을 들어서가 아니라 남궁관악 자신이 아는 그의 성품이 그러했다.

또 그게 아니더라도 초인지경에 달한 무인으로서 그 역시 뭔가 이상하게 와 닿는 점들이 있었다.

'하긴 기이한 노릇이긴 하다.'

불과 십 년 사이에 쌓았다고 하기에는 터무니없을 만큼 강대한 내공의 기세도 그랬고, 화경의 무인이 뿜는 기운치고는 절제되지 않은 광폭함 또한 그랬다.

비무를 하느라 신경이 곤두선 상황에서는 따지지 못했으나 불현듯 돌이켜 보니 당무독의 무위는 과연 정상이라고 하기 힘든 상태가 아닌가?

이런 심증이 치밀자 남궁관악은 자신도 모르게 당무독의 쪽으로 시야를 움직였다.

'으음, 저자가……'

그의 동공에 비춰진 당무독의 얼굴은 악귀처럼 일그러져 있었다.

게다가 강서린의 난입으로 잠시 소강상태를 보였던 파괴적인 외력을 재차 뿜어내기 시작하는 것이다.

일신에서 흩뿌리는 내공의 외력만으로도 공간이 일렁임이 보일 정도였다. 누구라도 온전히 버틸 수 있다 장담하기 어려운 기세.

그러나 그런 당무독의 무위는 현 시점부로 별로 중요치 않게 됐다.

적어도 남궁관악의 입장에서는 무조건 그러했다.

남궁관악은 쓸쓸해지는 마음을 담아 고개를 흔드는 정도로 자신의 기분을 대신할 수밖에 없었다.

'당가의 전설을 잇던 일세의 무인이 이렇게 가는구나.'

만약 당무독이 조금만 침착하게 상황을 주시했다면 이런 남궁관악의 심정을 조금이나마 눈치챌 수 있었을 것이다.

직전, 흑천자풍신공의 바람에 대항하기 위해 검기까지 뿌린 것 치고는 기이할 정도로 평온한 모습의 검치였으니까.

'이것들이 지금 뭐라는 건가?'

당무독은 필생의 대적인 남궁관악도 눈에 들어오지 않을

만큼 깊어지는 노기를 주체하기 힘들 지경이었다.

갑자기 어디서 튀어나왔는지도 모를 천둥벌거숭이 같은 젊은 놈이 감히 자신을 없앤다고 했다.

그래. 이 말까지는 가소롭다는 기분 정도로 넘어갈 용의가 있었다.

그런데 검치이 작자가 자신을 면전에 두고서 헛소리를 해댔다.

당가의 부활을 나락으로 빠뜨렸던 대륙의 초인이란 작자가 감히 자신을 하찮게 취급하며 천둥벌거숭이와 말 주전을 해대는 것이다.

그로서는 흑천자풍신공의 막강한 힘에 호연지기까지 들끓던 터라 더욱 어이가 없었고…….

이어서 폭탄 어쩌고 하는 헛소리까지 들리자 기어코 꼭지가 돌아버렸다.

"네 이노옴!"

주인의 고성을 필두로 안개처럼 뭉클거리던 검은 독기가 한데 뭉치더니 거미의 다리처럼 꿈틀대며 수십 가닥으로 갈린 채 갈고리처럼 뻗어 나갔다.

"허억!"

누가 먼저랄 것도 없이 연무장으로 신형을 날리던 인물들은 흑천자풍신공의 강력한 기파 앞에 주춤거렸고 이내 놀라서 숨을 깊이 들이마셨다.

강서린은 상대의 분노가 담긴 독강을 보고 그것이 일전에 겪은 정어지루 노사의 강기보다 훨씬 위협적인 공세임을 간파했다.

그 질에 있어서는 비교가 안 될지 몰라도 양에서는 그 수준을 몇 배나 압도하는 것이다. 그러나 그는 가볍게 조소했다.

'불나방보다 못한 힘이로군.'

강함으로 인정할 가치가 없다.

스스로의 목숨을 건 동귀어진이라면 그 또한 강함의 일면이겠으나 저 죽을 줄 모르고 자살 폭탄을 휘두르는 자는 경멸의 대상이 될 수밖에.

어느 틈엔가 그의 손에는 검병이 쥐어져 있었고 주인의 팔이 움직이자 쇠처럼 보이는 서슬 퍼런 날이 불쑥 솟구쳤다.

겉보기에는 어딘가에서 검 한 자루를 꺼내 든 모양새.

남궁관악만이 이 검의 정체를 깨닫고 놀라움과 경탄이 뒤섞인 탄성을 질렀다.

"뇌전검! 소문으로만 듣던 뇌전검이구나!"

그 누구도 소드 마스터가 검을 만드는 원리를 모른다. 그러나 분명한 건 그의 검이 단순한 물질이 아니라 내공이나 혹은 다른 무언가의 '힘'으로 만들어진 기검의 일종이란 사실이었다.

그리고 이 검이 움직이면 번개가 내려친 것 같은 흔적을 남긴다고 알려져 있었다.

"검막(劍幕), 검막이라니!"

남궁관악은 재차 벌어지는 입을 다물지 못한 채 경탄했다.

무서운 위세를 가지며 파도처럼 덮치는 독강을 상대로 전설상의 검막이 펼쳐지고 있었다.

심검(心劍)을 이루고 검강이 완성되어야만 이룰 수 있다는 검막이었다.

소드 마스터의 강함은 불가해(不可解)한 개념이지, 정통 무공의 오의라고 여기지는 않았던 그였기에 이런 광경은 경이롭고 신비하기까지 할 지경이었다.

그런데 그런 검막에 부딪치고도 공세를 거두지 않는 당무독 역시 대단한 인물이었다.

그는 독강 다발이 허무하게 막히자 놀라고 두려워하기보다 더욱 악을 불태우며 흑천자풍신공의 최고치에 해당하는 힘을 내보냈다.

동시에 연무장의 하늘이 검게 물들 만큼 엄청난 기력이 강서린을 향해 날아갔다.

'이쯤!'

강서린은 쓸데없이 방어에 힘을 쏟은 것이 아니었다.

단순히 죽이는 정도라면 눈 깜짝할 사이에 상대를 토막 내버릴 수가 있었다.

문제는 자칫 상대가 가진 파동이 터져 버릴 수도 있다는 점이었다.

방법은 두 가지였다.

육체를 단 일순간에 흔적도 없이 소멸시킨다. 혹은 상대의 파동이 큰 폭으로 소모되고 다시 가속화 되는 찰나에 가속을 못하도록 중심점을 부수면 된다.

강서린은 후자를 택했다. 신체 면적 전체를 없애기보다야 잠깐 기다렸다가 중심점을 부수는 게 훨씬 효율적이었다.

기잉, 하는 소리가 울리며 그의 검이 송곳처럼 앞을 파고들었다.

검 끝이 정면 한 점에 집중되면서 검막은 사라졌고 동시에 전신을 덮치는 당무독의 독강에 무방비 상태로 놓인 듯했다.

나선류라고 해야 할까?

말도 안 되는 광경이지만 독강 다발이 쏟아지다 말고 날아온 쪽으로 휘어져 들어갔다. 보고 있던 이들의 눈에는 분명 그렇게 비춰졌다.

그리고 그게 끝이었다.

당무독의 노안이 초점을 잃은 채 흐려졌고 입가에는 허연 거품이 부글거리며 올라왔다.

"꺼…… 억……."

풀썩!

기괴한 신음성과 함께 그의 몸이 뒤로 넘어갔다. 호흡 한 번 내쉬기 전에 벌어진 찰나의 시점이었다.

그저 뭔가 아른거린다는 느낌을 받는 순간 정신 줄을 놔 버린 당무독이었다.

쓰러진 당무독의 앞으로 강서린의 신형이 오연히 서 있었다. 그를 향한 모든 사람의 시선뿐만 아니라 공기의 흐름까지 일시 멈춰 버린 듯했다.

*   *   *

강서린은 과거 스스로의 힘을 알아갈 때 자신의 일정 반경을 기준으로 아이작 뉴턴의 이론인 절대 공간(絕對空間)을 빗댄 적이 있었다.

그 의미만 놓고 본다면 절대 공간은 물질의 존재와는 무관하게 존재하는 공간을 말했다.

인류 역사상 가장 위대한 과학자로 손꼽히는 아이작 뉴턴이 개념화한 이론으로 그 안에서는 기준계(基準系)로서 측정·기술(記述)된 절대 운동(絶對運動)이 이뤄지고 이 운동은 절대속도를 갖는다는 게 그 요지였다.

물론 현대 물리학에서도 부정당한 이 이론을 강서린 자신이 입증할 수 있는 건 아니었다.

다만 그는 자신의 팔이 검을 휘두를 때 팔이 아니라 몸 그 자체가 검속에 따라 움직이면 과연 어디까지 따라갈 수 있는지 시험해 봤고 결과는 '동일' 하게였다.

검의 빠름은 팔이 결정짓는다.

몸의 빠름은 다리가 결정짓는다. 내구성이나 힘의 분배로만 따지면 다리가 팔보다 강건하다.

단순히 있는 힘껏 휘두른다면 그의 검은 대기를 갈라 버릴 만큼 빨랐다.

뉴턴의 절대 속도에는 미치지 못하나 현상하는 물질계에서는 절대 속도라고 해도 과언이 아닌 셈이었다.

그렇다면 다리로 팔의 검속을 따라가지 못할 것도 없지 않은가? 다리 또한 대기를 가를 만큼 빨라질 수 있을까?

결론만 놓고 보면 가능했다. 최고 이십 보까지는 거의 순간이동에 버금가는 속도로 움직일 수 있었다.

다만 무리해서 그 이상을 넘보면 몸이 망가졌다.

대지의 마찰력이나 상대적으로 약한 신체 부위 등이 장애물로 작용하는 탓이었다.

물론 음속, 나아가 광속을 초월한다고 해도 결코 현상하는 차원에서는 절대 속도나 절대 영역 자체가 존재할 수 없었다. 공간 그 자체를 격하지 않는 이상에야…….

그럼에도 강서린이 절대 공간을 빗댄 이유는 실상 다른 의미를 내포하고 있었기 때문이다. 바로 '대기'였다.

그의 육체가 검속과 동일한 속도로 움직일 때 '대기'는 그 무엇과도 비교할 수 없는 절대의 방패가 된다.

사람의 무기 중 가장 파괴적인 총탄은 물론이고 폭탄이 터져도 대기를 뚫진 못했다.

그가 일개인으로서 개인 대 조직이란 개념을 뒤엎고 최강자로 군림할 수 있었던 가장 큰 '권능'이랄까?

강서린은 이로써 자신의 이십 걸음을 기준으로 절대라고 부를 만한 영역을 소유한 것이다.

강서린이 굳이 개인인 당무독을 상대로 절대 공간을 사용한 까닭은 일순의 타이밍을 놓치지 않아야 했기 때문이었다.

어지간한 틈이 있다면 피하고 쳐버릴 수 있지만 당무독의 공세는 상당히 전 방위적이었다.

즉, 공세를 쳐내거나 한두 번 피하기에도 타이밍을 놓칠 수가 있었다.

어쨌든 제대로 된 강기라면 몰라도 기력 덩어리에 불과한 당무독의 흑천자풍신공은 그가 만든 대기의 방패를 뚫지 못했다.

오히려 모두가 본 것처럼 휘말린 채 딸려 들어갈 정도였다.

엉거주춤 이런 광경을 지켜보던 좌중의 인물들은 모두 넋이 나간 상태였다.

그들의 눈에 비친 강서린은 그야말로 인간을 초월한 그 무언가의 존재로 떠오르고 있었다.

당무독이 선보인 흉험함과 비상식적인 공세도 그랬지만 이를 무시하고 공간을 건너뛴 것처럼 당무독을 쓰러뜨린 강서린의 신위가 실로 불가사의할 지경이었다.

"이제 됐군. 죽어라."

강서린은 검으로 당무독의 심장을 가리켰다. 맥을 끊어놓긴 했어도 잠시뿐이었다.

이대로 얼마간의 시간이 흐르면 이자의 파동은 다시 불안정한 가속을 시작할 것이다.

죽여 없애 버리는 게 최선.

애초에 죽인다기보다 없앤다고 한 것도 그런 이유에서였다

같은 순간, 불현듯 두 명의 쾌속한 그림자가 연무장을 쇄도하지 않았다면 당무독의 심장은 틀림없이 갈라졌을 것이다.

"이 일에 숨은 간악한 음모를 밝히려고 왔소!"

"오라버니를 살려주세요! 저에게 고칠 방도가 있습니다! 제발!"

목청을 높이며 다가온 그들은 감탄이 절로 나올 만큼 대단한 수준의 경신 재간을 발휘하고 있었다.

터덕! 턱!

그들은 한 쌍의 남녀였는데 남자는 중국 전통의 검은색 도복을 입고 있었으며, 깊게 파인 눈매가 인상적이었다.

여자는 눈부신 백색 의복을 입고 있었다.

역시 중년에 가까운 나이로 보였지만 보는 이로 하여금 나이를 따질 수 없게 만들 만큼 아름답고 지적인 외모를 자랑했다.

두 사람은 연달아 목청을 높이며 자신의 신분을 밝혔다.

"본인은 구정회의 회주 백무성이오! 서린 공께서는 부디 잠시만 검을 거둬주시길 바라오!"

"북경약방의 이정이라 합니다. 오라버니를 살려주세요! 저는 그분을 온전한 몸으로 돌려놓을 방도를 알고 있습니다!"

'운이 좋은 자로군.'

강서린은 당무독의 숨통 끊기를 보류했다.

친인으로 보이는 여자가 호소까지 해대는데 굳이 피를 볼 이유가 없었다. 딱히 적이라고 할 만큼 엮인 사이도 아니었고 말이다.

또한 저 말이 사실이라면 이 폭탄 같은 자를 죽이기보다 그 배후를 캐내 발본색원하는 것이 그의 스타일에 맞았다.

그의 판단은 신속하고 거침이 없었다.

한편, 좌중 분위기는 두 남녀가 밝힌 신분으로 인해 급격히 일변하고 있었다.

＊　　　＊　　　＊

잠룡무제(暫龍懋帝) 백무성.

이제 막 불혹에 접어든 중년의 연배지만 그 명호처럼 항차 성승의 뒤를 이어 구대 문파의 초인이 될 거란 견해가 매우 지배적인 인물이었다.

그러나 그에게는 이 같은 무위보다 더욱 드높은 명성이 따로 있었다.

바로 현 구정회의 최고 어른인 성승보다도 반 배분 높은 곤륜삼자의 직전 제자라는 신분. 따라서 중원 무림의 하늘이라는 성승조차 그에게는 반 평대를 한다고 알려져 있었다.

무림의 전설이라는 곤륜의 후손이자 무림 최고의 배분에 속할 뿐 아니라 공평무사한 성품과 뛰어난 지혜로써 각 정파의 신임을 두루 받으니, 40세의 젊은 나이임에도 거의 모든 이들의 지지 속에 구정회의 회주가 된 건 어쩌면 당연한 수순일지 몰랐다.

그런 백무성이 느닷없이 오련맹의 중심부까지 달려와 오대 세가의 수뇌부 앞에서 밝힌 음모는 가히 경악스러울 정도였다.

오련맹주이자 북궁세가의 가주인 십전무제(十全武帝) 북궁천위가 오대 세가 전체를 수중에 넣기 위해 당무독으로 하여금 '폭발하는 마공'을 익히게 만들었다는 내용이 그 요지.

물론 처음부터 이 말을 믿는 사람은 거의 없었다. 강서린을 제외하면 모두가 불신의 눈초리로 백무성을 바라볼 정도였다.

아마도 그의 신분이 아니라면 누가 나서도 나서서 당장 경을 쳤을 것이다.

그들 역시 범인과는 다른 세상에 산다고 해도 과언이 아닌 진혈의 무인이지만 어찌 마공만으로 사람의 몸을 폭탄처럼 만든단 말인가?

이게 가능하다면 세상에는 벌써 아비규환이 도래했을 터.

그러나 백무성이 구정회의 은밀한 추적 끝에 밝혀냈다는 마공의 특성은 이들이 생각하는 모순점을 상쇄시키기에 충분했다.

이 마공은 내공이 없으면 익히지 못한다. 또한 내공이 강하고 경지가 높을수록 폭발력이 강해진다. 이어서 첫 발현으로는 절대 폭발하지 않는다.

단, 두 번째 발현되면 절대 스스로의 힘으로는 자폭을 멈추지 못한다고 했다.

더불어 백무성은 앞서 몇몇 군소문파의 고수가 북궁세가에 의해 납치되어 실험체로 쓰였다며 그 이름까지 언급해 신뢰성을 더하려고 했다.

여기다가 북경약방의 주인 이정이 나서며 자신의 숨겨진 출신이 사천당가이고 당무독이 오라비라는 충격적인 진실을 털어냈다.

약 한 달 반 전에 크게 쇠진한 당무독이 그녀의 약방을 찾아와 몸을 의탁했고 그의 몸에서 뭔가 이상한 낌새를 읽은 이정은 당무독을 설득하여 진맥코자 했다.

그러나 당무독은 그녀의 말을 무시한 체 떠나버렸다.

고민하던 이정은 결국 자신이 가장 신뢰하는 백무성을 찾아가 그를 찾아줄 것을 요청했고, 때마침 북궁세가와 연관된 폭발 마공의 정체를 밝혔던 백무성은 당무독이 마공을 익혔다고 확신하며 그녀와 함께 당무독을 추적하고 있었다.

중국에서 가장 존경받는 의원 중 한 명인 이정의 이런 말은 백무성의 무계감과 함께 충분할 만큼의 신뢰성을 보장하고 있었다.

그러나 오대 세가의 인물들은 결코 풀리지 않는 의문점을 가리켰다.

두 사람의 말대로 당무독이 마공을 익혔다면 정황상 오늘이 두 번째가 당연했다. 그런데 당무독은 폭발은커녕, 의식을 잃긴 했으나 멀쩡히 살아 있었다.

그것도 지척에서.

때문에 이어지는 시점. 그들 오대세가의 수뇌부는 차원이 다른 경악에 빠져야만 했다.

무공인지 사술인지 뭔지도 모를 수법을 사용하여 눈 깜짝할 사이에 당무독을 쓰러뜨린 젊은 청년.

앞서 워낙 대단한 신분을 가진 두 사람이 등장한 터라 추궁할 기회를 놓쳤지만 여전히 이 젊은 이방인은 모두의 이

목에 걸려 있었다.

실상 구정회의 회주인 백무성이 연신 그의 눈치를 보는 것 같을 때도……

의성이란 칭송을 받는 이정이 오라비를 살려줘서 고맙다고 공손하게 고개를 숙일 때도……

심지어 오대세가의 절대자인 남궁관악이 '자네가 이해해주게.' 라고 말하며 헛기침을 할 때도……

세가주와 대장로들은 '뭔가 있다' 라는 느낌은 받았지만 설마하니 어린 청년의 정체에 놀라 자신들이 기겁하게 될 줄은 상상도 하지 못했다.

"성승께서도 이분을 강공이라 부르십니다. 저는 이분의 함자는 알지만 함부로 언급하지 않겠습니다. 다만 많은 사람들이 이분을 가리켜 검의 주인… 아아, 이렇게 말하는 게 빠르겠군요. 그렇습니다. 서양에서는 이분을 검을 든 무적자이자 최강자라는 의미로 소드 마스터라 호칭합니다."

"……!"

좌중의 인물들은 하나같이 커다란 종에 얻어맞은 것처럼 입만 쩍 벌릴 수밖에 없었다.

검존(劍尊), 소드마스터.

중국에서 활동한 적이 없다고 해도 감히 부정할 수 없는 이 시대의 최강자. 또한 일인무적군단으로 유명한 자.

검치 남궁관악과 이 최강자와의 협약은 극비이긴 하나, 사실상 오대 세가의 가주들이 승인한 사실이기에 진위를 확인할 필요도 없었다.

남궁관악이 서슬 퍼런 눈빛으로 진실임을 알려주고 있었으니까.

이제 모든 상황이 정리됐고 또 급박해졌다.

자칫 북궁세가를 지워야 할지도 모를 결정을 내려야만 했다.

그러나 다행히 북궁세가에는 가주의 반대파가 있었다.

대장로인 북궁대로는 오늘 자신이 원해서 북궁위윤에게 끌려 다닌 것이 아니었다.

그의 식솔을 필두로 가주의 반대에 선 인물들이 가주가 직접 키운 무력단체의 손에 억압되어 모처에 피랍됐던 것이다.

그런데 강서린에게 인질이 잡혀 있는 장소를 들은 민혜설이 곧바로 구정회에 이 사실을 알렸고 백무성이 급파한 구정회의 고수들은 무사히 인질들을 구출해 냈다.

"저는 솔직히 북궁가주 그자가 당무독과 남궁 노사님의 비무일에 맞춰 음모를 꾸민 줄 알았습니다. 그런 저의 실책을 서린 공께서 막아주셨습니다. 자칫 오늘의 음모가 성사되어 오련맹에 변고가 닥쳤다면 무고한 많은 사람들의 피가 흘렸을 것입니다. 이 백모가 천하 무림을 대표하여 감사 인사를 올립니다."

백무성의 진심 어린 인사에 강서린은 보일 듯 말듯 고개를 끄덕이며 돌아섰다. 그로서는 자신의 목적을 다한 셈이었다. 더 이상 자리를 지킬 이유가 없었다.

그러나 그가 간다고 해도 최강자의 등장은 이미 엄청난 여파를 야기했다.

결국 그로 인해 살아남은 북궁세가의 반대파가 최강자의 눈치를 보며 백 년 역사상 가장 빠르게 뭉친 나머지 사대세가와 연합했고 이도 모자라 각 세가의 가주들이 숨겨둔 고수들까지 합세시키며 북궁세가주의 진형을 급습한 것이다.

전투는 3일이 채 이뤄지지 않았다.

당연한 결과였다.

암묵적으로 진신 무인들은 문명의 이기를 제외한 채, 전통적인 비무나 결투로써 승패를 결정짓곤 했다.

그런데 이번만큼은 모든 세가가 합심해서 총이고 뭐고 동원할 수 있는 모든 힘을 동원했다.

같은 연합이면서도 섞이지 않는 기름 같은 세가들이 뭉친 데에는 최강자란 존재의 개입이 컸다.

하지만 북궁세가주 북궁천위로서는 어이가 없을 정도로

빠르게 사지가 잘려 나간 꼴이었다.

*   *   *

쏴아아!

쏟아지는 장대비가 고층 전각의 망루를 타고 굵은 물줄기를 쏟아내는 늦은 밤.

불과 얼마 전까지만 해도 이 전각에 서서 천하의 지존임을 자처했던 북궁천위는 동공에서 혈루가 흐를 지경임에도 결코 부릅뜬 눈을 감지 않았다.

그렇게 한참이나 침묵하던 그는 와락! 하고 손에 잡히는 문건을 꾸겼다.

"크흐흐, 이제야 알겠구나. 네놈들 같은 이합집산을 무엇이 날카롭게 바꾸었는지……."

북궁천위는 천천히 문건을 입안으로 가져갔다. 그리고는 문건을 곱씹으며 원독에 찬 중얼거림을 흘려냈다.

"최강자여, 나의 원모대계를 망친 걸 후회하게 만들어주마. 하늘이 나를 버렸다면 네놈을 죽일 악마를 불러서라도 이 원한은 꼭 갚고야 말 것이다."

쏴아아아!

이날, 비가 쏟아지는 밤.

세가 연합은 상하이에 있는 북궁천위의 비밀 총단을 급습했으나 결국 반쪽의 승리로 끝나고야 말았다.

그가 키운 대부분의 비밀 무력집단은 몰살을 면치 못했으나 정작 원흉인 북궁세가주는 직속 호위대와 함께 땅으로 꺼진 것처럼 사라진 뒤였다.

CHAPTER **09**
백발의 고수와 마령의진

전날 쏟아진 폭우의 형향 탓인지 간헐적인 비가 끊이지 않고 뿌려지는 점심나절.

두두두두!

최신형 헬리콥터 한 대가 그림처럼 펼쳐진 산간 계곡 사이의 웅장한 폭포수 앞, 조망공원의 한쪽 착륙장에 내려앉았다.

그러나 이도 잠시, 헬리콥터는 이내 두 사람의 그림자를 남기며 재차 하늘로 날아올랐다.

"허허, 다 왔구먼. 자네는 이곳에 처음 오지? 나는 일 년에 한두 번씩 오곤 한다네. 볼 때마다 그렇지만 저기 저 장백폭포를 지켜보고 있노라면 참으로 가슴이 벅차. 천자조차 엎드려 제사를 지냈다는 옛 풍경이 꿈결처럼 떠오르는 듯하네."

프로펠러의 강풍 아래에도 일점 흔들림 없이 입을 여는 노인. 남궁관악은 감동마저 섞인 눈빛으로 폭포수를 바라본 채 고개를 끄덕끄덕했다. 그러나 그는 이내 흠칫거리며 입을 다물었다.

'그러고 보니 저치에게는 썩 듣기 좋은 소리가 아니겠구나.'

한국인들도 이 산을 백두라 하여 성산(聖山)으로 숭배한단 사실이 떠오른 것이다. 산의 초입이자 입구라고 해도 과언이 아닌 장백폭포(長白瀑布) 또한 한국인들은 비룡폭포라는 다른 명칭으로 부른다고 알고 있었다.

강서린이 역사에 연연하는 식자(識者)는 아니라고 해도 한국인임에는 분명하니 조심해서 나쁠 게 없었다. 그러나 한편으로는 이런 자신의 노파심에 입안이 씁쓸해지는 남궁관악이었다.

'참으로 아쉽구나. 이 광활한 중원에도 다시없을 강자가 어찌 저 작은 한반도에서 태어났단 말인가? 아직 만나보진 못했으나 그분들의 사조라는 분도 보통 기인이 아닐 것은

분명 할 테고.'

남궁관악이 이런 심중을 대뇌며 침묵하는 동안 사실상 강서린은 매우 순수한 관점에서 '파동'을 느끼고 있었다.

마치 폭포를 중심으로 산맥을 축소시켜 둔 것 같은 웅장함. 그 너머의 장엄한 산세. 청명한 바람결과 투명한 향기. 그리고 영혼에 젖어들 것처럼 넘실거리는 천지의 기운.

'거대한 영지(靈地)라고 해도 되겠어.'

그는 세계를 종횡하며 숱한 자연 환경을 넘나들었다. 그중에는 그랜드 캐니언 같은 거대한 협곡도 있었고, 아마존 같은 밀림도 포괄하고 있었다. 그러나 이 백두산처럼 그 경계를 파악하기 힘들 만큼 자연력이 밀집된 지역은 잘해야 한 손에 꼽을 정도였다. 무엇보다 그의 흥미를 자극하는 건, 위로 오를수록 그 밀집된 힘이 강해질 것 같다는 느낌이었다.

'과연 그렇다면……'

강서린은 '선구자'란 존재를 떠올렸다. 어떤 식으로든 파동이 모이는 장소에는 그에 수반되는 효과가 일어날 수 있었다. 예컨대 맑고 깨끗한 시골에서 병이 치유되는 것과 같은 이치랄까?

강서린은 이런 자신의 느낌을 굳이 부인하거나 복잡하게 판가름하지 않았다. 그에게는 아주 간단하고 확실한 방법이 있었다.

'확인해 보면 알겠지. 저기 오는군.'

폭포수에서 거둬진 그의 동공에는 헐레벌떡 뛰어오는 젊은 여인의 모습이 비춰지고 있었다.

유백색의 차파오를 입은 여인은 헬기 착륙장 안으로 들어서자마자 숨을 고르며 공손히 인사했다.

"제자 무호가 스승님을 뵙습니다."

"허허, 오냐."

"늦어서 죄송합니다. 여느 때처럼 차로 오실 줄 알고 장백공항에서 기다리고 있었습니다."

"네 탓이 아니니 마음 쓰지 말거라. 노부도 여기 강공의 결정에 따라 온 터라 본가나 네게도 미리 언질을 주지 못했느니라."

남궁무호는 조심스럽게 얼굴을 들었다. 그러면서 자연스럽게 스승님이 '강공' 이라고 칭한 동행의 얼굴을 마주봤다.

"아!"

강서린의 얼굴을 본 그녀는 자신도 모르게 탄성을 터트렸다. 뒤늦게 스승님이 헬기로 출발했다는 연락을 받고 경황없이 달려오긴 했지만 스승님의 곁에 동행이 있을 줄은 전혀 예상치 못한 그녀였다. 더군다나 모르는 사람도 아니고 한국에서 자신과 아가씨를 구해준 은인이 아닌가?

잠시지간 넋을 잃은 그녀는 곧바로 농을 곁들인 남궁관악의 말소리에 얼굴을 붉히며 황급히 고개를 내렸다.

"강공이 훤칠하긴 하다만, 인사부터 먼저 해야 예의니라."

"스, 스승님……."

당혹스러운 듯 잠시 머뭇거리던 남궁무호 이내 공손한 기색으로 왼 손바닥에 오른 주먹의 앞부분을 대고 가슴의 앞부분에 모아서 인사했다.

"남궁무호가 은인을 뵙습니다."

중국식 인사인 포권(包拳)지례에 강서린은 고개를 살짝 끄덕이며 입을 열었다.

"몸은 괜찮은 것 같군."

"덕분에 내상을 다스릴 수 있었습니다. 아가씨와 저를 구해주신 은혜는 언제고 꼭 갚겠습니다."

"기대하지."

짧은 시간이지만 강서린의 직설적인 화법을 경험한 적이 있던 남궁무호는 중년을 바라보는 여류 무인답게 차분한 신색을 유지했다. 무엇보다 상대에게 공손해지는 또 다른 이유가 있었다.

"과연 스승님과 친분이 있으셨군요."

남궁무호는 완전히 인정할 수밖에 없었다. 믿기 힘들지만 이 사내는 스승님을 '남궁 늙은이'라고 부르며 본가에서도 아는 사람이 극히 드문 그녀 자신의 본명까지 언급했었다. 그래서 당시에는 그녀 자신도 이해하기 힘들 만큼 묻는 말에 너무도 쉽게 대답했었다.

하지만 시간이 지나고 몸 상태가 좋아지며 정신이 들자 아무리 따지고 따져도 이해가 되지 않았다. 국적이나 신분은 그렇다 쳐도 연배 자체가 친분을 논할 계제가 안 되는 것이다.

은인을 아무리 높게 봐도 스승님의 손주뻘밖에 안 되는 연배인데 친분이 가당키나 하단 말인가?

그런데 사실이었다. 아니, 그런 정도가 아니라 대륙 무림의 하늘인 스승님이 '공(公)' 자까지 쓰며 사내를 높여 불렀다.

남궁무호가 이런 놀라움을 이해하기도 전에 한 술 더 뜨는 그의 스승 남궁관악이었다.

"으허허! 강공과 노부의 친분이야 아주 두텁지. 암!"

'아⋯⋯! 정말이지 놀랍구나. 본가의 누구도 믿지 못할 거야. 신분 때문일까? 아니야. 그럴 리가 없어. 본국의 차기 실세라는 태자회의 오만한 아이들도 스승님 앞에서는 고개조차 함부로 들지 못하니까.'

남궁무호는 자신의 마음에서 일말의 경이로움마저 치솟는 걸 느꼈다.

남궁무호는 가까스로 신색을 유지하며 폭포 공원에 지어진 커다란 건물을 가리켰다.

"자리를 마련해 뒀습니다. 식사나 차를……."

그녀는 자신의 말을 채 잇지 못했다. 강서린이 한 발 나서더니 손을 슬쩍 들며 말을 막은 것이다.

"일을 먼저 보도록 하지."

[무조건 시키는 대로 따르거라. 또한 최선을 다해 움직여야 할 게다.]

"……그리 하겠습니다. 저를 따라오시지요."

먼저 허락을 구하기도 전에 귓속에 울리는 스승님의 확고한 전음. 남궁무호는 몇 번 숨을 고르면서 있는 힘껏 무릎에 힘을 줬다.

팟!

파공성이 일 만큼 빠르게 멀어지는 제자를 신형에 남궁관악은 대견스럽다는 표정을 감추지 못했다.

"제법이지 않나? 다음 세대에 우리 남궁가의 대들보가 될 아이일세. 북궁가의 그 지저분한 녀석들도 다수의 이점을 살리지 않았다면 우리 무호를 곤란하게 하지 못했을 거야. 으잉?"

자리를 뜨는 기척도 느끼지 못했는데 이미 강서린은 거짓말처럼 남궁무호의 뒤를 점하고 있었다.

남궁관악은 기어코 참았던 한숨을 흘려냈다.

"허어……, 서양의 욕심 많은 악귀들이 유독 저치한테만 벌벌 떠는 이유를 알 것 같구나."

적이 없을 정도로 강하면서 암살자보다 은밀하다면 그보다 무서운 상대가 또 어디 있을까?

이런 생각이 치민 남궁관악은 고개를 한 차례 흔들며 신색을 가다듬고 용천혈로 내공을 운용했다. 곧이어 뒷짐을 진 그의 노구가 용수철처럼 튕기며 수십 미터를 도약하기 시작했다. 남궁세가에서 자랑하는 신공인 천풍신법(天風身法)이었다.

*   *   *

남궁무호는 스승님의 언질대로 최선을 다해 신법을 펼치고 있었다. 그러다가 문득 적잖게 놀랐고 오래지 않아 경련했다.

'정말 대단하다. 저 나이에 세가의 천풍신법을 따라올 수 있는 사람이 몇 명이나 될까? 과연 스승님과 친분을 나눌 만하구나. 어쩌면……."

이미 첫 대면 때 자신을 기세만으로 압박하고 아가씨의 손목을 잡아채던 움직임으로 나이에 걸맞지 않는 고수라는 사실은 인지했었다. 게다가 오늘, 위명이 드높은 스승님의 양보에 가까운 태도에 여유롭게 자신을 따라오는 신법까지…….

불현듯 그녀의 머릿속에는 확신에 가까운 추측이 스치고 지나갔다.

'그래. 원령지체라면 가능할 거야. 그것도 진혈의 힘을 이어받은 원령지체…… 구정회와 오련맹의 차기 절대자라는 천중좌의 기재들과 비교하면 어느 정도 경지일까?'

광활한 중국 대륙에도 원령지체는 매우 귀한 존재였으나 매해 한두 명 정도는 새롭게 등장하곤 했다.

구정회와 오대 세가를 비롯한 파벌, 방파들은 수단과 방법을 가리지 않고 원령지체를 회유하곤 했는데, 운 좋게 어린 원령지체를 찾아내면 곧바로 자신들의 진혈에 포함시켰다.

다만 여타 조직들처럼 원령지체를 통한 '각성'을 원해서가 아니었다. 진혈이라 불리는 구대 문파와 오대 세가 등은 혈족으로 하여금 기의 전수가 가능했기에 굳이 원령지체를 이용할 필요성이 없었다.

그럼에도 원령지체에 목을 매는 건 이들이야말로 초인에

오를 확률이 가장 높은 기재였기 때문이다.

즉, 어린 시절부터 남들보다 몇 배는 빠르게 진신 무공을 연마한 괴물들.

드러난 정보는 아니지만 어느 시점부터 연배를 무시한 젊은 층 고수가 등장하기 시작했고 그렇게 밝혀진 신진 고수를 가리켜 세인들은 천중좌(天中座)란 호칭으로 부르고 있었다.

그녀 또한 초인 검치의 직전 제자답게 그 연배에는 손꼽히는 실력자로 통했지만 한참 어린 강서린이 자신 못지않다고 느껴지자 자연스레 천중좌를 떠올린 것이다.

그러나 목적지가 코앞이었기에 남궁무호는 이런 자신의 생각을 속으로만 삼켰다.

앞장서던 세 사람이 멈춰선 곳은 상당히 험한 산세의 중턱이었다.

우측에는 비룡 폭포로 이어지는 물길이 지류를 타고 내려오고 있으며 좌측으로는 세월을 가늠하기 힘든 거대한 바위가 풍상에 젖어 있었다.

신형을 멈추며 한 차례 숨을 고른 남궁무호가 차분히 뒤를 돌며 운을 뗐다.

"스승님, 저도 아가씨가 계신 비처에는 들어가 보지 못했습니다. 치우회란 곳의 안내자가 저와 아가씨를 데려온 것도 여기까지였습니다."

"으음? 너답지 않은 말이로구나. 허면, 네가 이곳에 아영이를 버려두고 왔단 말이냐?"

"송구합니다. 아가씨께서 원하신 일이라……."

말끝을 흐리며 고개 숙이는 제자를 향해 남궁관악은 잠시 인상을 쓰다가 무슨 생각이 들었는지 이내 한숨을 내쉬었다.

"휴, 내 너만 나무랄 일이 아닐 테지. 이곳으로 데려가는 것을 허락한 사람이 나이거늘."

남궁관악은 절레절레 고개를 흔들었다. 남궁무호는 이런 스승님의 반응을 이해한다는 눈빛이었다.

그랬다. 두 사람의 관계는 친 조손지간 못지않았다. 실제로도 백아영은 남궁세가의 혈적에 의손의 자격으로 입적(入籍)해 있었다. 절맥을 치유하기 위해선 화경의 고수인 그의 도인법뿐만 아니라 대연신공(大衍神功)의 전수가 필수적인 탓이었다.

비록 혈손이 아닌 탓에 남에게 전수할 수 없는, 즉 구결을 제외한 기의 운용만으로 신공을 체득하게 했으나 영특한 백아영은 별 탈 없이 신공을 연성해 나가고 있었다. 따라서 그대로 세월이 흐른다면 수년 안에 완치될 가능성이 높았다. 그런데 북궁세가의 음모에 휩싸여 위기에 처하는 바람에 신공을 이루던 기운이 소진되고 절맥이 악화된 것이다.

당초 치우회 장로원에 머물다가 이 사실을 전해 들었던 남궁관악은 대로하여 자리를 박차려고 했으나 대장로의 설득을 듣고 참아야만 했었다.

만약 대장로가 그를 감복케 할 만큼 뛰어난 인품과 신비로운 능력의 소유자가 아니었다면 백아영의 절맥을 고쳐준다는 신령한 기인의 이야기를 결코 믿지 않았을 터였다.

명실공히 세계 최강자인 강서린이 이런 산골 비처에 방문한단 사실은 두말할 나위도 없었고.

남궁무호는 조심스럽게 바위를 빙 둘러 걸어갔다. 일견하기에는 무척 험하고 좁아 보이는 바위 주변이었으나 그녀의 보폭은 매우 안정적이었다.

뒷짐을 진 채 따라 걷는 남궁관악이 중얼거리듯 감탄했다.

"호오, 계단이로구나."

놀랍게도 쌓인 낙엽 아래에 평평한 돌계단이 밟히고 있었다.

그즈음 소리 없는 그림자처럼 무심히 뒤따르던 강서린은 두 눈에 한 가닥 이채를 피워내고 있었다.

'상당한 수준의 파동이군. 수호자란 존재인가?'

 파동은 그조차도 바위를 보고 나서야 느낄 만큼 절제되어 있었으며 주변과 동화되어 있었다. 대단히 인상적이었다.

 이런 이유로 강서린은 생과 사를 초월했다는 그 수호자란 존재를 떠올렸으나 이내 설핏한 코웃음을 쳤다.

 '죽음을 초월하여 수백 년간 살았다는 자가 고작 저런 파동에 그친다면 내가 사기를 당한 꼴이겠지.'

 통상 능력자란 부류가 그랬지만 특히 무인은 예외 없이 그의 파동 감지 능력을 피한 적이 없었다. 기(氣)의 연공이란 파동을 강하게 하는 행위와 다를 바가 없기 때문이었다. 이는 소위 말하는 기척이나 기감과는 전혀 다른 의미의 능력이었다. 따라서 상대의 수준이 높을수록 절대 놓치는 법이 없었다.

 물론 이 정도 파동만을 놓고 가타부타 단정 짓기는 어려웠다. 다만 수없이 많은 강자의 파동을 접하며 만들어진 일종의 잣대가 있었다. 때문에 공영 대장로가 말했던 내용이 현실과 부합하려면, 자신이 가진 이 '잣대'를 확실히 초월해야 한다는 게 그의 생각이었다. 비교적 인상적이라고 해도 일전에 들었던 초월적인 존재의 기준점에는 미치지 못하는 것이다.

"스승님, 여기서 오른쪽으로 돌아 바위를 지나가면 노인 한 분이 살고 있는 오두막이 나옵니다. 이 노인은 비처를 관리하는 사람으로 제자가 이 노인 분께 소식을 전하면 잠시 뒤에 아가씨께서 오두막에 나오고는 하셨습니다. 오늘 아침에 스승님께서 오신다는 소식을 알려뒀으니 아가씨께서 맞이하실 준비를 하고 계실 겁니다."

"노인이라고 했느냐?

미간을 잔뜩 좁힌 남궁관악이 되물었다. 그러나 이런 스승의 표정을 살피지 못했기에 대답하는 남궁무호의 어조는 차분했다.

"비처를 지키는 촌부로 알고 있습니다. 한씨 성을 가진 분으로 평소에는 텃밭을 가꾸거나 낚시를 하며 산다고 들었습니다. 비처에 들어가신 아가씨께서 저를 만나러 나오실 때, 그분이 생필품을 전달하거나 의식주를 살펴주신다고 언급하신 적이 있습니다."

그녀가 대답을 하는 동안 바위의 옆면을 지나쳤고 곧이어 일행 앞에는 눈이 휘둥그레질 만큼 놀라운 광경이 펼쳐졌다.

절벽 바위 틈새에서 자라는 이름 모를 풀잎들의 그늘 아래, 좌우로 성인 한 명 누우면 맞을 법한 투명한 물길이 흐른다.

물길 옆으로는 분지 형태로 작은 운동장 크기의 계곡이 있었는데 마치 자갈을 풀고 그 위를 깎은 것처럼 조밀하고 매끈한 바닥 면을 가지고 있었다. 규모가 큰 도시 공원이나 특별히 조성된 지역이 아니면 보기 힘든 그런 크기의 자갈 밭이었다. 이곳이 산중 심처라는 점을 상기할 때 여간한 사람이라도 놀라서 발길이 멈췄으리라.

문제는 남궁관악이나 강서린이 전혀 여간한 사람이 아니라는 데에 있었다. 가진 바 경험이나 능력, 신분 등 어느 모로 따지나 한낱 풍경 따위에 흔들릴 사람들이 아니었다.

그럼에도 이 두 사람의 발길이 느려지고 있었다.

아니, 눈을 부릅뜬 남궁관악이 허리를 굽히면서 강서린의 발걸음도 멈춘 셈이었다.

"이게 대체…… 허! 자네도 느껴지는가?"

남궁관악이 뭔가에 놀란 듯 헛숨을 들이켜며 돌아보았다.

강서린은 그의 얼굴에 드리워진 위화감을 읽었다. 이해가 되지 않는 바는 아니었다. 딱히 뭐라고 꼬집어 말하기가 어려웠을 것이다. 그러나 이는 검치 본인이 가진 문제점에서 기인했기에 충고라는 방식을 겸해야 할 필요성이 있었다.

"말해주지. 그게 검치 당신이나 초인이란 자들이 가진 한

계다. 남들보다 월등히 강하다는 오만함에 젖어 한계를 깨려 하지 않는다. 약자라면 상관없겠지. 그러나 예상치 못한 상황에서 자신보다 비등하거나 강한 상대를 만난다면 어떻게 될까?"

강서린은 바닥을 툭툭 치며 다시 말했다.

"몸이 반응해도 상대를 헤아리지 못하지."

"허면 한낱 이 돌바닥에 노부의 몸이 반응했고 내 이것을 헤아리지 못했단 말인가?"

"검을 보며 날카로움을 느끼는 것과 같다."

"허! 그럴 수가 있나? 예기(銳氣)라는 말이 아닌가? 내 세가의 연공실에서 선조들의 검혼을 접하고 경탄한 적은 있으나 한낱 돌바닥에서 무슨 날카로움을 찾는단 말인가?"

이해하기 힘들다는 남궁관악의 반문에 강서린이 나직한 어조를 덧붙였다.

"다르지 않다."

'다르지 않다고?'

남궁관악은 이마에 깊은 주름을 만들며 생각했다. 이 불가해한 사내는 결코 빈말을 하지 않는다. 그러니 있는 그대로 따져보는 게 옳았다.

세가 연공실의 검혼. 자갈의 윗부분을 잘라 매끈하게 만들어진 돌바닥.

'다르지 않다고? 허면?'

남궁관악은 입을 떡 벌렸다. 그는 당대를 주름잡는 검호였다. 강서린의 말을 허투루 들을 만큼 가벼운 성정도 아니었다. 이 두 가지가 부합되며 그의 머릿속에는 도저히 힘든 결론이 내려지고 있었다.

'설마 기공으로 이 많은 돌을 깎았단 말인가? 어쩌면 일수에?'

그러나 남궁관악은 급작스런 인기척을 느끼며 더 이상의 생각은 미뤄둬야 했다.

*   *   *

어느 틈엔가 백발을 산발한 비쩍 마른 노인 한 명이 자갈땅의 가운데 서서 두 사람을 지켜보고 있었다.

"흠, 누구시오?"

남궁관악이 물었다. 그러자 노인은 눈을 가늘게 뜨더니 마치 어린아이를 호통 치는 그것처럼 일갈했다.

"네놈은 오랑캐가 분명하구나! 이 위대한 태허의 땅에 어디 오랑캐 따위가 버티고 섰느냐!"

오랑캐는 중국인은 비하할 때 쓰는 한어였다. 당연하지만 남궁관악이 언제 이런 막말을 들어봤겠는가?

"뭣이?"

남궁관악은 주먹이 절로 쥐어질 만큼 분개했다. 그러나 이에 아랑곳없이 노인은 강서린을 보면서 다시 일갈했다.

"네놈은 한민족이 맞느냐?"

그러나 강서린이 뭐라 반응하기도 전에 노인의 일갈이 연속해서 이어졌다.

"한민족의 피류만이라면 비처로 들어가는 걸 허한다! 어찌할 텐가! 함께 온 오랑캐를 버려두고 들어갈 텐가!"

이쯤 강서린은 이 노인이 자신을 착각하게 할 만큼 대단한 강자라는 걸 확실히 인정하고 있었다. 그로서도 처음일 만큼 직접 대면하는 중임에도 그 강함의 척도가 읽히지 않았다.

아무리 적게 잡아도 일전에 감탄했던 정어지루 노사의 수준을 크게 웃돈다. 때문에 강서린은 남궁관악이 확실히 알아들을 어조로 말했다.

"저자는 매우 강하다. 당무독이란 자는 비교도 안 될 만큼."

"허? 그게 정말인가?"

남궁관악은 안색이 달라지며 되물었다. 그러나 그가 대답을 듣기에 앞서 재차 노인의 일갈이 울려 퍼졌다.

"참으로 오랑캐다운 자로다! 지 놈 제자가 어찌 됐는지도 모르고 허둥대는 꼴이라니! 껄껄껄!"

"이, 이 고연!"

"무호는 털끝 하나 다치지 않고 잠들었다. 수혈이란 데를 건든 것 같더군."

제자를 운운하는 소리에 남궁관악이 펄쩍 뛸 만큼 흥분하자 강서린은 나직한 어조로 그를 진정시켰다. 수양이 깊은 무인답게 남궁관악은 흥분된 신색을 가라앉히며 그를 보았다.

"자네가 그리 말하니 믿겠네. 어찌 할 텐가?"

그렇지만 이번에도 노인은 가만히 있지 않았다.

"보아하니 남궁 씨 같은데 어찌 그리 겁이 많은 게냐? 껄껄껄!"

챙!

더 이상 참지 못한 남궁관악이 강하게 검을 뽑아 들었다.

"가문을 욕되게 한 자일세. 자네를 보고 참으려고 했지만 저 말만큼은 그냥 넘어갈 수 없네."

그의 노기를 느낀 강서린은 인상을 찌푸리며 앞을 보았다. 아직 목적을 이루기 전이라서 어느 정도는 넘어갈 요량이었다. 그런데 봐주는 것도 어느 정도였다.

강서린은 손끝에 투기를 머금었다. 상대의 수준이 측정되지 않기에 처음부터 가장 파괴력이 큰 투기를 사용할 심산이었다.

만일 뒤이어 한섬중이란 노인이 적당한 말을 하지 않았다면 이 투기는 분명 공격에 사용됐을 것이다.

"한민족의 아이야. 네가 동행한 오랑캐가 걱정되느냐? 염려치 말거라. 내 이 땅에서 함부로 인명을 살상할 만큼 무도한 사람이 아니니라. 그러니 서둘러 비처에 가거라. 해가 지면 비처는 금지로 변할 것이다."

강서린은 잠시 인상을 썼으나 옆에 있던 남궁관악이 무인의 기세를 뿜기 시작하자 다시 무심한 얼굴로 앞을 향해 걸어갔다. 그러다가 잠시 멈칫.

노인의 지척에 이른 그가 무심히 입술을 달싹였다.

"그 말을 믿겠다. 당신 정도의 강자가 허튼 말을 내뱉지는 않을 테니까."

그 순간, 한섬중의 백발이 한 차례 출렁였다. 내용을 떠나 손주뻘도 안 되는 강서린의 반말에 진노를 일으킨 것이다. 그러나 무엇 때문인지 한섬중은 노기가 끓으면서도 참는 기색이 역력했다.

"크으, 태허의 입구는 내 집의 뒤로 난 길을 따라 곧장 걸어가면 나올 것이다."

기세와 전혀 상반된 태도였지만 강서린은 하등 신경 쓰지 않았다. 목적을 정하면 앞으로 나아갈 뿐.

*　　　*　　　*

태허의 입구에 들어서자 공기가 변하는 걸 느꼈다. 하늘이 거의 보이지 않을 정도로 나무가 무성했으나 오히려 공기는 이유를 알 수 없을 만큼 무겁고 탁했다.

"능구렁이군."

강서린은 한 노인이란 자를 떠올리며 입술을 달싹였다. 뭔가 꿍꿍이속이 있을 거라 예상은 했지만 이로써 확실해졌다. 검치를 도발하여 만든 싸움 자체가 목적이자 수단이었다.

다만 그로써도 의외인 건 자신을 자극할 정도로 강한 자가 한낱 문지기 따위를 하며 이곳에 매여 있다는 사실이었다.

"내가 혼자서 이곳에 들어선다면 수호자란 존재를 만나지 못할 것이라 생각했는가?"

강서린은 이런 생각을 하며 나무 사이로 파고들었다.

나무는 빼곡했으나 휘어지고 말라붙은 고목들로 이루어져 있어 안쪽의 공간은 충분히 움직일 수 있을 만큼 여유로웠다.

그는 안쪽에 들어서자마자 어둠이 내려앉은 주위 환경을

한 치례 훑었다. 날카롭게 솟구친 그의 감각이 시방으로 뻗어나갔다. 불현 듯 휘어지는 시야. 헝클어지는 방향성.

'재미있군. 샤먼의 주술과 비슷한 원리라고 봐야하나?'

강서린은 흥미가 동했다. 지각력이 마비되고 오감이 억눌리는 공간이었다. 강도는 훨씬 약하지만 이와 비슷한 경험을 한 적이 있었다. 인디언 계의 능력자인 샤먼으로 구성된 사만(saman)이란 암살 집단이 몇 몇 조직의 사주를 받고 이와 비슷한 함정을 파뒀었다.

잠시 그 때를 회상했던 강서린은 깊게 눈을 감았다가 떴다. 그의 눈빛에 강렬한 기세가 번뜩였다.

'어설픈 반쪽짜리 그물 두 개보다 훨씬 낫군.'

사만의 함정에는 지뢰나 폭탄 같은 현대적인 무기 체계도 구축 되어 있었다. 하지만 그렇기에 작은 위협조차 되지 못했다. 반면 이곳의 이상(異象)환경은 그조차도 경시하기 어려울 만큼 수준이 높았다.

스으으으

어딘가에서 넘실거리는 물안개가 밀려왔다. 그러더니 살아있는 것처럼 강서린의 몸을 에워쌌다. 그러나 강서린은 전신에 투기를 투르며 그 안개가 자신의 몸에 닿는 것을 허용하지 않았다.

빠직, 빠지직!

자잘한 불똥이 그의 주변으로 터졌다. 그가 자신의 기력에 투기를 더하면서 발생한 전뢰(電雷)의 속성이 안개와 부딪치며 베타 적 충돌을 일으킨 것이다.

전뢰는 자연계에서 가장 패도적인 현상. 이 전뢰의 속성이 안개는 물론 공간 그 자체에 반발하고 있었다.

이로써 강서린은 주위의 모든 환경이 작위적인 '무언가'임을 확실시했다.

'무방비 상태로 이곳에 있으면 순식간에 말리겠군.'

안개를 뚫으며 시험 삼아 손가락 마디 하나 만큼 노출을 시켜 보았다. 그러자 그쪽 살갗을 통해 약간이지만 체력이 빠져나갔다. 지각성을 상실하는 공간. 체력을 흡수하는 안개.

전신에서 기를 뿜을 수 없는, 말하자면 현 시대의 절대다수에 해당하는 평범한 인류는 이 안에서 10초도 버티지 못할 것이다. 이는 웬만한 강자라도 마찬가지였다. 그러나 그 이상 되는, 검치 정도 되는 무인이 호신기(護身氣)를 두른다면 어느 정도 버티는 게 가능할 것이다. 크게 움직이지 않고 몸만 보호한다는 전제하에.

물론 그 보다 훨씬 강한 강서린은 전신을 보호하며 마음껏 움직일 만큼 여유가 있었다. 때문에 강서린은 자신이 가장 잘 하는 방법으로 이곳을 뚫고자 했다.

'정면으로 돌파한다.'

콰드득! 파앙!

그를 중심으로 고목의 가지들이 부서지더니 그가 디딘 대지가 움푹 파이며 들어갔다. 동시에 강서린은 번쩍이는 빛살이 되어 앞으로 뻗어가기 시작했다.

같은 순간, 몇 번이고 남궁관악의 검새를 흘려내던 한섬 중은 돌연 심령이 크게 자극받는 걸 느꼈다. 듬성듬성한 그의 검 백색 눈썹이 송충이처럼 꿈틀거렸다.

'그 애송이 녀석이 무슨 짓을 한 거지?'

진세가 흔들렸다. 절대로 있을 수가 없고 있어서도 안 되는 상황이 벌어진 것이다.

기실 일세기 전 이미 출신입화지경을 돌파했던 한섬중은 백 년의 세월을 힘입어 상고에도 절대자로 칭송받던 현묘한 경지에 입각해 있었다.

그런 그가 마음만 먹으면 진즉에 남궁관악은 패배하거나 죽임을 당했을 터였다.

다만 진정한 경지는 거의 사장된 세상이기에 기특한 후배를 보는 관점에서 남궁관악을 상대해 주던 셈이었다.

그렇지만 진세가 흔들린다면 이야기가 달라진다.

비처를 격리하는 동시에 비처 그 자체인 태허(太爐)란 본래 태허마령지심진(太爐魔靈地心陳)을 의미하는 지칭이었다.

그야말로 하늘조차 가둬 버리는 역천의 진세!

역사상 가장 강대하고 위대하며 사악한 절대자인 승천인(昇天人)을 묶어두기 위해 그의 사문인 태허문을 중심으로 천지의 비기를 잇는 구십칠 명의 기인이 목숨으로 구축한 봉인지가 태허인 것이다.

이 진을 구축하기 위해 비인부전이던 한 민족의 비기는 태반이 절맥되었고 천 년 역사를 자랑하던 태허문은 그 한 명만을 남긴 채 멸문을 길을 걸어야만 했다.

이런 역사가 있기에 태허마령지심진은 그의 생명이자 전부나 다름이 없었다.

상상도 할 수 없는 무게를 짊어지고 백 년을 살아온 수문장. 앞으로도 기약하지 못할 세월을 살아가야 할 광기의 불사인.

진세의 힘으로 노화를 억누르며 태허를 지키는 건 그에게 주어진 운명이자 책임이었고 홀로 살아남은 현실에 대한 형벌이었다.

그런 존재이기에 한섬중은 태허마령지심진과 심령으로 연결되어 있다고 해도 과언이 아니었다. 마음만 먹으면 언제든 진세 내부의 상황을 살필 수 있었다.

잠깐 동안 진의 흔들림에 당황했던 한섬중은 이윽고 진

세 안에 갇힌 저돌적인 기세를 파악했고 아주 가소롭다는 듯이 낄낄거리며 웃었다.

'내가 없으면 천하의 누구도 태허에 들어가지 못한다. 암! 그래도 천마가 아주 제대로 된 놈을 골랐구나. 저 어린 놈이 진세를 흔들 만큼 강한 기운을 품고 있을 줄이야……'

웃음으로 시작된 그의 속내가 진득한 광기로 흐릿해졌다. 그러더니 일순간에 와락! 무표정에 가까웠던 얼굴이 악귀처럼 일그러졌고 목구멍에서 활화산 같은 살기가 뿜어졌다.

"이놈! 이 사악한 자 같으니!"

'허어? 이거 원, 변덕이 심한 인물이로다!'

남궁관악은 십성 경지로 휘두르는 자신의 검법을 별로 힘들지 않게 막아내던 상대가 돌연 호통을 치며 살기를 뿜어내자 적잖게 놀란 기색으로 거리를 벌렸다.

기실 그로서는 몇 번 손속을 나누지 않아도 인정할 수밖에 없었다.

제자가 촌부라고 일컬었던 이 한 노인이란 인물이야말로 강기를 이용해 자갈밭을 평평하게 바꿀 만큼 경악스러운 강자란 것을.

그러나 일세를 풍미한 검사로서, 대(大)창천남궁세가의

절기를 품은 무인으로서 한 번 뽑은 검을 쉬이 물릴 수는 없는 노릇이었다.

하여 남궁관악은 있는 힘을 다해 검을 휘둘렀고 평생토록 연마한 창천의 절기를 유감없이 펼쳐냈다. 그러나 시간이 흐를수록 필사의 의지는 무뎌지고 대신 그 자리에 감복하는 마음이 차올랐다. 한 수 가르침에 평생토록 목매는 게 무인이란 족속이었다.

하물며 저 정도 고수가 손속에 사정을 두며 비무를 해주는데 그 무엇이 대수랴!

남궁세가의 적손 중 최초의 원령지체로서 일찍이 누구의 도움도 받지 않고 경지에 오른 그로서는 일평생 처음 맞는 기연이나 다름이 없다고 생각될 정도였다.

때문에 어느 시점부터는 지도 대련을 받듯이 기교를 제외한 정직한 검으로써 하수임을 인정했다.

뿐만 아니라 이 대련이 끝나면 체면을 개의치 않고 배사지례(拜師之禮)의 예를 취할 결심까지 하고 있었다.

그런데 돌연 이토록 위협적인 살기라니?

남궁관악은 자신의 염소수염의 말려 올라갈 만큼 긴장했다. 상대의 신색이 뒤바뀐 이유를 생각할 겨를도 없었다. 일성과 함께 뒤바뀐 이 무서운 고수의 얼굴에는 광기마저 드러나고 있었다.

"으음, 자칫 이 자리가 노부의 무덤이 될 수도 있겠구나."

남궁관악은 침중하게 되뇌며 검을 곧추세웠다. 그러나 그는 몰랐지만 지금의 작은 행동이 커다란 실수로 이어지고 있었다.

한섬중은 지금 제정신이 아니었다. 모든 인연을 떠나보내고 백 년의 세월을 산중에 갇혀 살다시피 한 그였다. 회한과 그리움으로 점철된 오랜 세월. 쌓이고 쌓인 광기는 태허마령지심진이 흔들리며 표출됐다.

그나마도 현묘한 경지의 강대한 정신력이 충동으로 이어지지 않도록 붙들고 있었는데, 남궁관악이 검을 세우며 흘러나온 미약한 기세가 이 무서운 광인의 심기를 자극했다.

콰드드득!

한섬중의 발을 중심으로 자갈밭에 쩍쩍 금이 가고 부서진 돌 조각이 허공으로 떠올랐다.

"이곳이 어디라고 오랑캐가 발을 들이느냐! 내 능히 살계를 범하여 천마의 귀계를 찢으리라!"

방언과 뒤섞인 한국말이었다. 백아영과의 인연으로 꽤나 한국말에 익숙해져 있던 남궁관악이지만 한두 단어를 제외하면 무슨 내용인지조차 알아듣기 힘들 정도였다.

아니, 설령 제대로 들었다고 해도 다른 반응을 보일 여지조차 없었다. 상대의 치켜 올리는 두 손에 보란 듯이 이글 거리는 기의 응집체.

이를 보는 남궁관악이 허탈한 얼굴로 검을 내렸다. 그가 가진 무인의 감각은 상대의 두 손에서 하늘과 땅의 차이를 보았다.

"내 평생 완벽한 강기를 볼 줄은 꿈에도 몰랐구나. 그것도 수강이라니…… 허허……."

사람이 너무 놀라거나 당황하면 외려 웃음이 나오는 법이었다. 지금 남궁관악이 그랬다.

왜 아니 그렇겠는가?

그 역시 무리한다면 가문의 절기를 통해 응집된 검기를 만들 수 있었다. 그러나 이는 억지로 뽑아낸…… 높게 봐줘도 반쪽짜리 검강에 불과했다. 진정으로 완벽한 강기지경은 고래에도 현경(玄境)이라 하여 출신입화지경, 즉 화경의 다음 단계로 논하고 있었다. 말로는 단 한 단계 차이지만 그 간극은 무엇으로도 메울 수 없을 만큼 컸다. 마치 그가 초인으로 불리며 경외받는 것과 같이.

한마디로 승패를 논하는 그런 차원이 아니었다. 어떤 짓을 해도 도저히 막을 수 없는 거력.

그의 반쪽짜리 검강도 저 수강에 비한다면 무른 두부와 같으리라.

일전의 당무독이 뿜었던 흑천자풍신공이 죽음을 각오케 할 만큼 대단했다면 지금은 대항의 의지조차 갖기 힘들 정도였다.

'검을 든다고 해도 저자의 손에 몸이 찢긴 채 추하게 쓰러지겠지.'

그는 남궁세가의 후예이자 중원제일검으로서 의연한 죽음을 맞기로 결심했다.

"허허, 중원제일검으로 불리는 노부가 이렇게 검을 놓을 줄은 꿈에도 몰랐구나. 허나, 위안이 되는 것이 없지는 않다. 내 평생 검을 놓게 한 사람이 그대가 두 번째라는 사실이다."

두 손을 검 자루에 대고 깊이 눈을 감으며 부동의 자세를 취했다. 설령 목이 갈라지고 머리가 터져도 쓰러지지는 않으리라.

같은 순간, 괴소와 함께 한섬중의 신형이 과격하게 짓쳐 들었다.

"크카카칵! 죽어라!"

"허허, 하나 아쉬움이 있긴 하구나."

남궁관악은 죽게 된다는 사실보다 잠시 후의 미래를 보지 못할 자신에게 일말의 안타까움을 느꼈다.

그가 돌아오는 순간에 시작될 장대한 대접전을.

초인 검치에게 검을 놓게 만든 위대한 강자들의 무서운 결투를. 무인으로서 꿈에도 그려보는 치열한 싸움을.

혹은…….

'현경의 고수조차 쉽사리 이기는 말도 안 되는 존재를 보게 될지도……. 허허!'

그러나 시간은 잠시도 그를 기다려 주지 않았다.

CHAPTER **10**
수호자를 만나다

Seorin's
Sword

　강서린은 벌써 스무 개의 환영을 파괴했다. 이 태허란 지역의 이상 현상은 체력을 흡수하는 안개나 지각력의 혼동만이 아니었다.

　어느 정도 거리를 돌파하자 불과 물, 벼락과 절벽 등 현실과 흡사한 환영이 그의 심혼을 파고들었다.

　이를 일절 무시하고 앞으로 나아갔으나 안타깝게도 그게 제대로 된 방향이라는 보장은 없었다.

　"후우, 짜증나는군."

　강서린은 거칠어진 자신의 파동을 다스리며 가볍게 목을

풀었다. 그로서는 특단의 조치를 생각할 수밖에 없는 외중이었다.

'지나갈 수 없다면 깨버린다.'

세상의 그 어떤 이상 현상도 압도적인 힘 앞에서는 무의미한 법이었다.

문제는 이곳을 이루는 틀이 그조차 이가 갈릴 만큼 크고 두껍다는 사실이었다.

지금까지 이런 경우가 종이를 뚫고 반대편에 도착하는 것이었다면, 이곳의 틀은 종이가 아닌 강철 수준. 이게 그가 판가름한 태허의 틀이었다.

으드득.

강서린은 정말로 이를 갈았다. 이런 곳으로 자신을 초대한 수호자란 자의 얼굴을 꼭 봐야겠다고 생각했다. 그리고 만에 하나……

"만나서 확인해 봐야겠지."

강서린은 결심했다.

그의 투기가 강해지니 주위의 고목들이 살아 움직이는 괴물처럼 반응하기 시작했다.

이제는 고목과의 싸움에 익숙해진 그였기에 전혀 고민하지 않고 그대로 전신에 기력을 가속화시켰다.

빠지직!

천공의 번개를 품고 강림한 뇌신처럼 그의 육체가 이글거리며 번쩍였다.

"타핫!"

콰콰쾅!

드디어 거의 처음이라고 할 만큼 전력을 다한 그가 기합성과 함께 쭉 앞으로 뻗어갔다. 그리고 공기를 찢는 굉음과 동시에 천지가 지진을 만난 것처럼 흔들렸다.

우르릉!

그로부터 숨 몇 번 들이쉬고 내쉴 만큼 짧은 시간…….

남궁관악이 죽음을 맞기로 결심한 시점.

"크허헉…… 아, 안 돼……. 태, 태허가…….."

광기 어린 수강으로 남궁관악을 참살하려 했던 한섬중이 돌연 폭포수 같은 피를 게워냈다.

동시에 풀썩, 소리를 내며 그의 무릎이 앞으로 넘어갔다. 위압적이던 수강도 썻은 듯이 사라졌다.

이 돌변한 상황에 남궁관악은 꿀 먹은 벙어리처럼 엉거주춤할 수밖에 없었다.

*　　　*　　　*

강서린이 애먹는 태허마령지심진은 실상 진세나 진법이

라고 표현하기 어려운 주술적인 요소를 가미하고 있었다.

진을 이루는 핵심적인 요소는 사물이나 자연 환경이 아니라 죽은 자의 혼백.

그것도 생전에 민초들로부터 신선이라고 추앙받는 인물들의 혼백이었다.

당연히 살아생전 기억이나 이지는 없으나 넋(魄)이 진세의 일부만 자각한 채 영원토록 진의 일부가 되어 살아간다. 그리고 이 점이 바로 태허마령지심진이 가진 '역천'의 공능이자 '마령'의 본모습이었다.

상고의 그 어떤 절진도 강대한 거력 앞에서는 무용지물일 수밖에 없었다.

제아무리 견고한 갑옷이라도 일점을 뚫고 들어오는 창끝을 방어하기 힘든 것과 같은 이치였다.

그렇지만 갑옷을 이루는 모든 철이 순간순간마다 뭉치며 점 공격을 막아낸다면?

태허마령지심진이 그와 같았다.

마령으로 이루어진 진이 살아 숨 쉬는 생명체처럼 침입자를 압살시킨다.

힘으로 진을 깨려고 하면 그보다 수십, 수백 배로 강한 힘이 반사된다.

뿐만 아니라 한 번 발동되면 마령이 사라지지 않는 이상

영원불멸. 혼의 불멸성이 진법의 불멸성으로 이어지는 셈이었다.

그러나 강서린이 생각하는 이치는 간단했다. 막아서는 것은 그게 무슨 개념이든 간에 더 큰 힘으로 부숴 버린다.

한마디로 진의 '틀'을 깬다. 진이란 곧 틀 그 자체.

깨진 그릇이 그 의미를 상실하는 것처럼 틀이 깨진 진은 그 효능을 상실하는 이치.

강서린을 가로막는 진세의 공능이 배에서 배로, 다시 그 배로 높아지길 수십 차례. 기어코 태허마령지심진이 근원적인 한계에 부딪쳤다.

쩌억 쩌적!

하늘이 갈라졌다. 땅이 찢어졌다. 공간 그 자체도 균열을 일으켰다. 그러더니 콰직!

드디어 틀에 균열을 일으킨 강서린이 그 틈새를 파고들었다.

팍!

어느새 강서린은 움직임을 끝내고 땅에 두 다리를 디딘 채 주변을 살피고 있었다.

주변 풍경이 전혀 달라져 생동감이 넘쳤고 한쪽에는 꽃밭까지 펼쳐져 있었다.

그러나 강서린은 이에 아랑곳없이 파동이 가리키는 쪽을

보았다.

인위적으로 만들어진 티가 전체적으로 역력한 푸른 빛깔의 석굴, 그 입굴에는 태허문중조사전(太嘘門中祖師殿)이라는 글귀가 한문체로 흐릿하게 남아 있었다.

"이곳인가?"

휘잉,

그렇다는 듯 묘한 파동을 담은 바람이 그쪽에서 불어왔다.

"그래. 들어온 거군. 수호자란 자가 있는 곳에."

수호자란 단어를 말하는 순간, 강서린의 눈자위가 강하게 비틀렸다.

협조적이지 않은 문지기, 그조차 위협을 느낄 만큼 강력한 이상 지역……. 의심하는 것조차 우습게 느껴질 만큼 노골적이지 않은가?

'대장로가 말했던 대로 그에게 물을 것이다. 답을 들을 수 있을 것인가? 상관없겠지. 나를 이용하려 한 게 확실하다면 반드시 그 대가를 치르게 해주마.'

강서린은 그렇게 생각했다. 그의 걸음이 석굴의 입구를 넘어간 건 바람이 불어온 시간만큼이나 짧았다.

세상 사람들이 운운하는 인간세의 신비 중에서 영적인 부분은 단연 첫 손에 꽂히는 비중을 차지하고 있었다.

넓게 본다면 신을 숭배하는 종교부터 죽은 혈육의 제사에 이르기까지……

무적자가 되기까지 빛과 어둠의 세력권을 아우르며 신비한 힘을 숱하게 상대했던 강서린이지만, 지금처럼 완벽하게 현실 같은 '영체'는 단 한 번도 접한 적이 없었다.

"네가 수호자란 인물인가?"

강서린이 정면을 보며 물었다. 그러자 백색 도복을 입은 젊은 청년이 걸어 나오더니 만면에 미소를 지으며 손을 내밀었다.

"그래. 이게 얼마 만에 맞는 손님인지 모르겠어. 반가워. 들어가자고."

청년의 오관은 누구든 미적인 감탄을 불러일으킬 만큼 흠잡을 데가 없었고 은은한 미소를 짓고 있는 눈매는 밤하늘의 별을 연상케 할 정도로 맑게 빛났다.

또한 그가 걸친 순백색의 도복은 인세의 사람이 아닌 것 같은 초탈함을 불러 일으켰다.

"귀찮다. 여기서 하지."

강서린은 무뚝뚝하게 대답했다. 쓸데없는 행동으로 시간을 허비하지 않는다.

과거 신분 고하를 따지지 않는 이런 성격으로 숱한 적을 만들었지만 종례에는 최강자답다고 칭송받은 소드 마스터

특유의 스타일이었다.

물론 자신을 수호자라 인정한 청년은 이 사실을 알 리가 없었다.

그렇기에 더더욱 그는 비록 영체라고 해도, 한낱 인간이 자신의 격(格) 앞에서도 달라지지 않자 내심 의문을 품지 않을 수 없었다.

'그것의 힘을 얻었다고 해서 당장 영격이 높아지는 건 아닐 텐데? 흠, 알 수 없구나.'

수호자는 일단 생각을 보류한 채 예의 미소 짓는 눈으로 물었다.

"원하는 게 무엇인가?"

강서린은 그런 수호자의 눈을 보았다. 확실히 사람이라고 하기에는 어려웠지만 단순한 영체도 아니었다.

다른 때였으면 약간의 여유를 두고 상대의 정체를 캐내는 것도 재미있는 일이었을 것이다.

그렇지만 강서린은 망설임 없이 본론으로 넘어갔다. 사실 지금 기분 같아서는 곧바로 손을 쓰지 않은 것만 해도 나름 최선을 다해 상대를 배려해 준 셈이었다.

"너에게 묻고 싶은 것이 있다."

"으음, 과연 그렇구나."

예상이라도 했던 것처럼 청년은 하죽, 웃으며 고개를 끄덕였다.

강서린을 향한 그의 눈빛은 여자아이의 치마를 들춰내는 악동의 그것과도 같았다.

"무엇이지? 내가 아는 것은 모두 말해주겠어."

"좋아."

강함의 정도를 떠나, 생전처음 접하는 기이한 존재가 기꺼이 지식을 풀겠다고 한다. 적어도 물어볼 만한 상대임은 분명했다.

강서린은 고개를 끄덕이고는 수호자의 눈을 똑바로 보았다.

"나는…… 인간인가?"

"그래. 너는 정진정명. 나와 달리 분명한 인간이다. 다만 차이가 있지."

"차이?"

수호자는 모호한 눈웃음을 지으며 느릿한 손길로 뒷짐을 졌다. 마치 다음으로 드러날 강서린의 반응을 기대한다는 것처럼.

"우선 그 차이를 말하려면 네가 가진 힘의 근본부터 알아야 하지 않겠나?"

"그럴지도. 난 이 검병을 쥐는 날부터 강해졌다."

"으윽, 너 네가 가진 가장 은밀한 비밀을 너무 쉽게 밝히는 거 아니야?"

청년은 볼을 퉁퉁거리며 재미없다는 표정을 지었다. 본디 사람이란 그런 것이었다.

자신의 비밀을 함부로 말하지 못하고, 또 그 비밀이 정당하지 못하면 부끄러워하는 법이었다.

그는 이런 반응을 노렸는데 강서린의 입장에서는 자신을 몰라도 한참 몰라서 해대는 말장난 정도였다.

"확실히 해라. 수호자."

강서린은 참을성이 바닥을 치는 걸 느끼며 청년을 채근했다.

그의 검은 눈동자 안쪽에서는 흉흉한 기세가 소용돌이치며 당장이라도 튀어나올 것처럼 이글대고 있었다.

"흠!"

다행히도 청년은 더 이상 되물음 같은 것으로 말장난을 하지 않았다.

육체가 없는 그로서도 강서린의 힘은 쉽사리 무시하기 힘든 기파를 내포하고 있는 탓이었다.

잠깐 인상을 쓰며 생각에 잠긴 것 같던 청년은 이내 유한 어조로 운을 뗐다.

"우선 네 힘의 근원은 그 검병이 맞다. 정확히 따지면 검 전부지. 날은 사라졌지만 대충은 알고 있을 텐데? 그렇지?"

"그런 것 같다."

"확실히 그래. 그 검의 기원은 아주 오래됐으니까."

"으음, 기원이라고?"

"네 검은 신이 유일하게 없애지 못한 유물이야. 너희 사람들이 생각하는 그런 유물이 아니라 수천만 년 전에 존재했던 고신이 다스리던 세상의 유물."

"계속 듣겠다."

"역시 반응이 없네. 아무튼 알았어. 그러니까 세상에는 주기라는 게 있거든. 만물이 번창하고 멸망하는 주기. 새로운 주기가 시작되면 이전 것들은 모두 사라져. 땅과 바다도 뒤집어지는데 남아 있는 게 있다면 말이 안 되지. 그런데 그 검은 유일한 예외로 인정받았어."

"인정? 그게 무슨 의미지?"

"간단하잖아. 신도 잡아먹는 세월의 흐름조차 견뎌낸 유물인데 아무렇지도 않게 굴러다니겠어? 그다음 세대의 신이 인정한 거지."

"음, 신이 존재한다는 거군."

"솔직히 말해서 인간들이 부르는 위대한 유일신에는 미치지 못해. 정확한 명칭으로는 성계신이 맞지. 그렇게 보니까 인정했다고 말하기도 뭐하네. 부수지 못해 어쩔 수 없이 그냥 뒀던 거니까. 아무튼 그건 그냥 오래된 유물이 아니야. 전륜을 담고 있는…… 아니지. 이건 신의 비밀이니까 너에게 말해줄 수는 없어. 단지, 그 검에는 신도 죽일 수 있는 힘이 깃들어 있었어. 너는 그 힘에 선택받은 유일한 인간이고. 이게 바로 내가 말한 차이야. 아무나 그 검의 선택을 받지 못하거든. 소위 너희 현세의 인간들이 말하는 원령지체를 타고나야만 검의 힘을 자신의 몸에 담을 수가 있다고."

"그렇단 말이지."

강서린은 알았다는 듯 고개를 끄덕였다. 그 모습에 청년도인은 속으로 묘한 중얼거림을 흘렸다.

'인간 치고는 특이할 정도로 자아가 강한 녀석이네.'

거짓말을 하지 못하는 그로서는 강서린이 캐물을 경우 상당히 곤란해진다.

그러나 강서린은 자신이 원령지체라고 하자 일견 수긍하는 얼굴이었다.

그리고 상대가 비밀이라고 언급한 부분은 순순히 인정하고 넘어가는 기색이었다.

청년은 가볍게 미소를 지으며 말했다.

"아무튼 넌 인간이 맞지만 신보다 강하다고 할 수 있어. 기묘한 경우이고 쉽게 정의내릴 수 없는 상태이기도 해. 다만 한 가지 확실한 건 너에게 천명이 주어졌다는 거야."

천명(天命)이란 단어는 상당히 애매한 말이었다. 강서린은 그의 말에 인상을 찌푸렸다.

왜냐하면 어쨌든 간에 자신의 강함이 누군가의 개입으로 이뤄졌다는 말처럼 들렸기 때문이다.

그러나 사실 청년의 이 말은 상당 부분 어긋나 있었다. 그것도 고의적인 잘못이었다.

보통 하늘이 내린 운명을 천명이라 하는데, 이는 타의로 인해 주어지는 개념이 아니었다.

그러나 청년은 그의 타고난 신체와 초(超)고대의 유물. 이 두 가지를 연관 지으며 강서린이 뭔가를 해야 한다는 식으로 유도한 것이다.

말하자면 스스로 선택하지 않았던, 스스로가 만들 수 없는 이 두 개의 조건으로 왜곡된 설명을 했다고 할 수 있었다.

그는 거짓말을 할 수 없는 존재기에 상대가 누구든 진실임을 느끼게 하지만, 실상은 그 자체가 거짓보다 은밀한 기만이라 할 수 있었다.

강서린은 고개를 내리고 잠시 생각에 잠겼다.

그리고 잠시 후, 강서린은 그게 아니라는 듯 고개를 들며 다시 청년에게 물었다.

"내가 신보다 강하다고 했는가? 그렇기에 천명이 주어졌다고 하는 건가?"

"말하자면 그렇지."

강서린은 상대의 확신에 찬 단언에 피식 실소를 지었다.

"좋다. 그러면 내가 왜 나보다 약하다는 신의 명령에 따라야 하지?"

"……!"

청년의 얼굴에서 미소가 사라졌다. 강서린은 그런 그를 주시하며 잔혹하게 느껴질 정도로 입매를 틀었다.

"썩 영양가는 없지만 재미는 있었기에 한 번 넘어가려 했다."

살기마저 깃든 음성이 들리자 오히려 흠칫 굳었던 청년의 얼굴이 봄날의 미풍처럼 부드럽게 돌변했다.

"내가 신이란 사실을 언제부터 알았어?"

"내가 온 힘을 다해 부숴 버린 이 장소. 그리고 그 안에 갇힌 너 같은 존재."

강서린의 어조가 묵직함을 띠며 나직하게 가라앉았다.

"과연 처음부터 눈치채고 있었구나. 아니지. 아주 확실하지는 않았을 거야. 그런데 내가 내 입으로 그 검을 신이 인정한 유물이라고 했으니까……."

청년은 말끝을 흐리며 자존심이 상한 듯 코끝을 치켜들며 이죽거렸다.

"아무리 그래도 인간의 의식으로 그리 쉽게 신과 결부시킬 수 있단 말이지? 내가 너를 잘못 본 것 같네."

평소 같으면 빈정거림에 가까운 상대의 태도를 그냥 보고만 있을 강서린이 아니었다.

그러나 강서린은 검을 만들고도 곧바로 손을 쓰지 않았다.

지금 그의 짜증을 억누르는 건 좀 전부터 줄곧 이어져 온 하나의 추측이었다.

"신이라고 자처하는 네 녀석이 천명이란 개소리로 나를 이용하려 한 이유가 뭐지?"

"……."

청년은 침묵했지만 강서린은 기다렸다.

이윽고 청년은 무슨 생각이 들었는지 고개를 절레절레 흔들면서 말했다.

"나는 신이라고 불리기도 하지만 성계신이라는 명칭에 더 부합되는 존재다. 내 식대로 하자면 관리자라고 부르는 게 편해. 문제는 내가……."

말하기 힘들었는지 청년의 입술이 파르르 떨리며 닫혔다가 다시 열렸다.

"큭! 내가 탄핵된 신이라는 거지. 그래서 너 같은 인간 따위에게 이 수모를 당하고도 가만있는 거고."

사전적 의미에서의 탄핵(彈劾)은 높은 권좌에 앉은 자가 죄를 짓고 쫓겨났음을 의미한다.

강서린은 이 단어의 의미를 모를 만큼 무지하지 않았다.

"그렇군. 그리고?"

청년은 그의 집요함에 조금은 질린 눈빛을 하며 다시 말했다.

기왕 꺼낸 말이라 그런지 다시 시작된 청년의 어조는 점점 푸념하듯이 변해갔다.

"후우, 탄핵됐다고 해도 성계신으로서의 자각이 아주 사라지는 건 아니야. 사람이 스스로 멸망하거나, 자연재해로 시작 된 종말은 지금의 나로서는 어쩔 수 없지만 타천의 강림이 가져올 필멸은 다르니까."

"……."

지켜만 보는 강서린의 모습은 할 말이 있으면 다하라는 분위기였다.

사실 강서린이 굳이 대화를 지속하려 한 이유가 바로 지금 들은 대목에 있었다.

절대로 멍청하지 않은 것 같은 존재가 굳이 자신을 이용해서 상대하려는 개념.

그게 무엇이든 그의 흥미를 자극한 셈이었다.

이제 청년은 당장이라도 울 것처럼 침울해져 있었다.

"내가 탄핵됐던 일로 인해 절대로 생기지 말아야 할 파국의 씨앗이 세상에 떨어졌어. 그래. 인간의 언어로는 죽음이라고나 할까? 죽음 그 자체인 절대 마성이 세상일에 관여하기 시작한 거야."

"절대 마성?"

"비유야. 너희 인간의 기준으로는 보통 신화 속에 나오는 악신이라고 생각하면 될 거야. 아무튼 그자가 어디서 뭘 하고 있는지는 아무도 몰라. 단지 때가 되면 이 세상에 자신의 마성을 뿌리겠지."

"그자라……. 사람이라고 확신하는군."

"현 세상의 특성상 사람으로 태어났을 확률이 가장 높으니까."

"좋다. 그럼 그자를 그냥 두면 어떻게 되지?"

청년은 쓰게 보일 정도로 어두운 미소를 지었다.

"마성을 뿌린다고 했잖아. 그 말 그대로야. 다 죽어. 때를 놓치면 누구도 막지 못해. 명색이 죽음을 대표하는 절대 마성이라 제대로 각성하면 뭘 어떻게 할 새도 없이 다 죽을 거야. 그래서 내가 너를 찾은 거고."

"그런가? 그럼 마지막으로 다시 묻겠다. 내가 그자의 상대란 걸 어떻게 확신하지? 그리고 내게 검이 있다는 것을 무슨 수로 알았지?"

"이미 알면서 뭘 물어? 세상에 너 같은 인간이 또 있을 것 같아? 넌 그자의 반대급부야. 세상의 섭리는 결코 한쪽으로만 흐르지 않거든. 그러니까 난 너라는 인간을 기다린 게 아니라 너 같은 인간을 기다렸다는 게 옳은 말이야."

청년…… 아니, 이제 스스로를 신이라 인정한 그는 이 말을 끝으로 결국 자신의 계획을 수정할 수밖에 없었다.

'인간 주제에 어찌 저토록 견고한 영격을 갖고 있는가!'

젊은 청년의 외형 속에 가려진 성계신의 일면이 크나큰 장탄식을 터트렸다.

본래 그는 남아 있는 신격으로 이 '검의 주인'을 사도(使徒)로서 이끌려 했었다.

사도란 신의 힘을 받고 신을 받드는 신의 전사.

물론 검의 주인을 사도로 만든다고 해도 신의 힘을 줄 수는 없었다.

이미 힘이란 개념 그 자체는 검의 주인이 월등하게 크니까.

그렇다고 사도를 못 만든다? 그건 또 아니었다.

비록 탄핵된 탓에 작은 영체에 갇혀 있었지만 신격이 떨어진 건 아니었다.

범인이라면 그 실체를 접하는 것만으로도 엎드려 절할 만큼 차원이 다른 존재.

이는 '힘' 이라는 개념과는 다른 문제로 우주의 섭리가 정해 둔 계약의 일종이나 마찬가지였다.

즉, 힘을 제외하면 인간의 영격과 정신을 소유한 이 검의 주인은, 본래 같으면 신격의 존재인 그와 짧은 시간만 함께 있어도 눈도 마주치지 못할 만큼 공손해져야 했다.

공손은 개뿔!

청년은 내심 인간 세상에서 배웠던 욕이란 단어를 지껄이며 코끝을 퉁겼다.

"검에 대해서도 물어봤지? 간단해. 난 이곳에 들어온 뒤부터 세상의 정보를 수집했어. 너를 보낸 아이들을 통로로 말이야. 그들은 꿈에서 나한테 정보를 줄 수 있거든. 아무튼 근례에 너에 대해서 알게 됐지. 그리고 더욱 많이 알아보게 했어."

이 대목에서 강서린은 산골에 처박혀 사는 대장로란 노파가 자신에 대해서 확실히 인지하고 있었단 점을 떠올렸다.

앞서 치우회의 일선 수뇌부는 파악하지 못했던 그의 정체였다.

강서린은 피식 웃었다. 조직을 동원하지 않아도, 그 정도 연배의 인물이라면 어떤 연줄을 통해서라도 알아낼 만했을 것이다.

딴생각이 들 만큼 슬슬 지루해진 그는 눈을 살짝 반개했다가 떴다.

청년도 이런 강서린의 심정을 엿보았는지 말이 빨라졌다.

"난 이곳에 갇혀 있지만 단번에 알았어. 왜냐하면 너는 확실히 인간이라고 보기에는 무리가 있거든. 결정적으로 네가 검을 휘두르면 번개 같은 흔적을 남긴다고 하더라. 이것도 주요했어. 세상을 통틀어 그 검을 제외하면 번개의 힘을 담은 기물은 존재하지 않으니까."

여기까지 말한 청년은 과연 어떤 반응이 나올까? 하는 눈빛으로 앞을 보았다.

그러나 이어진 강서린의 음성은 그를 기막히게 할 만큼 단순했다.

"수고했다. 나를 이해시켰으니 특별히 한 번 더 봐주도록 하지. 이제 비켜라."

"잉? 비키라고?"

"백아영을 데려가야겠다."

"헐! 지금 그게 문제니? 이봐, 검의 주인!"

강서린은 황당해하는 그를 무시한 채 빠른 속도로 석굴 안쪽에 진입했다.

보기보다 넓은 공간이 그를 맞이했고 공간의 좌우로는

방으로 보이는 작은 공간들이 뚫려 있었다.

강서린은 그중 백아영의 파동이 느껴지는 오른쪽 방으로 곧장 움직였다.

"그래도 아주 허당은 아니었군."

그의 눈에 비춰지는 장소는 평범한 방이 아니었다. 인위적인 그 무엇도 없는데 은은한 열기를 뿜는 돌 좌상이 중앙에 놓여 있었고 그 위로 백아영이 가부좌를 튼 채 앉아 있었다.

눈을 감은 그녀는 고요한 명상에 잠겨 있었다.

이미 파동을 통해 백아영의 몸 상태가 일반인 수준으로 건강해졌음을 파악했던 강서린이었다.

그리고 지금 실제로 보니 상당히 빠른 속도로 주변의 자연력을 흡수하고 있었다.

그러나 이에 아랑곳없이 강서린은 파동을 움직여 백아영의 명상이 깨지도록 만들었다.

"으음……."

작은 침성이 그녀의 입술 사이로 배어나왔다.

그 순간, 청년 도인이 인상을 팍 쓰며 방으로 들어왔다.

"바깥세상의 말라 버린 기운으로는 신공을 익히지 못해. 최소한의 종자 내공은 모아서 나가야만 공영의 진전을 잇지. 지금 이곳을 나가면 저 아이는 스스로 운기조차 할 수 없게 돼. 그러니 데려가는 건 좋은데 본인한데 좀 물어보지 그래?"

이 말소리에 강서린은 슬쩍 미간을 모았다.

"무공을 익혀? 공영 대장로의?"

"으음, 몰랐나 보네. 저 아이는 내가 치우회의 아이들에게 약속한 마지막 안배자야. 한 세대에 10명까지만 이곳에 들이지. 다만 어느 정도 기반을 이루고 나갈 때쯤 되면 여기가 어디고 내가 누군지도 기억 못해. 그냥 산중 수행을 했다는 정도로만 알게 되지."

치우회의 신비가 적나라하게 밝혀지는 순간이지만 강서린에게는 별로 가치가 없는 내용이었다.

"그래서?"

"으이구, 이건 저 아이가 직접 원해서 받는 수행이라고. 이미 공영의 제자가 됐다니까? 게다가 내가 특별히 힘을 써서 육체가 좋아진 덕도 있고, 무인의 자질로 이곳에 들어온 인간 중에 최상이야. 저 아이로서는 이제 막 새로운 감각에 눈을 뜨고 있는데 아마 함부로 방해받으면 굉장히 싫어할 거다."

앞선 설명보다 뒤로 이어지는 말이 묘하게 강서린의 신경을 건드렸다.

그래도 본인이 선택한 일을 가지고 왈가왈부하는 건 그

의 성정에 맞지 않았다.

또한 굳이 그녀에게 직접 확인할 필요는 없었다. 안정된 파동은 강제성이 없다는 걸 증명해 주고 있었다.

"알았다. 난 돌아가도록 하지."

"잠, 잠깐!"

"뭐지? 할 말이 남아 있나?"

"……."

청년 도인은 강서린을 보았다.

상대의 눈에는 그 어떤 욕망도 담겨 있지 않았다.

절세의 미녀를 눈앞에 두고도 미련 없이 몸을 돌리고 있었다.

대답을 듣고, 이를 인정한 이상 이미 수호자란 존재에게는 더 이상의 볼일이 없다는 투였다.

"후우…… 그래. 넌 그런 인간이었구나."

결국 청년 도인은 한숨을 쉬었다. 이런 인간은 처음이다. 인정할 수밖에 없었다.

그는 슬쩍 고개를 돌리며 자신의 속내를 밝혔다.

"큼큼, 나한데 좋은 방법이 하나 있다. 내가 저 아이의 몸에 깃들어 운기행공을 도와주면 된다. 공영이 저 아이에게 전한 태허문의 심공도 본래는 나를 시작으로 전해진 것이니 전혀 염려하지 않아도 될 거다."

"어림없는 소리를 하는군. 죽고 싶나?"

"육체도 없는데 무슨 수로 나를 죽인다고!"

부아가 치밀었는지 버럭 고함을 친 청년은 이내 헛기침을 하며 고개를 내렸다.

"커험, 타격은 입을 수야 있지. 하지만!"

"하지만?"

"솔직히 말해서 지금의 나는 너나 저 아이가 아니면 이곳을 크게 벗어나지 못해. 원래는 너한테 깃들려고 했지만 그건 포기했으니까…… 저 아이로 하자."

강서린의 눈빛이 점점 강하게 바뀌는 걸 본 청년 도인은 좀 더 다급하게 말을 이었다.

"위대한 섭리 앞에서 맹세한다. 이 아이는 내가 깃든 사실도 눈치체지 못할 거야. 생명의 위협을 받거나 절대 마성에 관련된 일만 아니면 네가 허락할 때까지 절대로 몸을 빌려 쓰지 않겠다."

그가 이렇게까지 나오자 강서린은 잠시 고민하다가 명상에 잠긴 백아영을 돌아봤다.

그냥 두고 가기에도 찝찝했고 데려가자니 무공 수행 중이라는 사실이 조금 걸리긴 했다.

'둘 다 데리고 가는 게 속편하겠군.'

"음…… 그렇게 해라."

사람이 상대였다면 이렇게 쉽게 생각을 바꾸진 않았을 것이다.

그가 가진 육감이 상대의 진실성을 인정하고 있었다.

청년 도인은 강서린의 눈을 보고 그가 결코 변덕을 부려 허락한 게 아니라는 것을 알았다. 문득 탄식 같은 의문이 그의 속에서 샘솟았다.

'아아, 내가 모르는 뭔가가 분명히 있어. 그를 힘의 노예가 아니라 검의 주인으로 유지시켜 주는 무언가가……'

오랜 옛날, 신조차도 욕망에 빠트렸던 전륜(轉輪)의 문. 창세의 근원인 일원(一原)과의 일체를, 깨달음이나 윤회의 반복 없이도 가능케 한다는 초월 권력의 검.

그러나 그렇기에 신조차도 망쳐 버린 귀물(貴物)이었다.

갓난아기가 전쟁터에 버려진 것 같은 이질감.

어린 소년이 대해에 빠져 가라앉는 아득함.

벌거벗은 거지가 용암 위에 매달려 살기 위해 발버둥 치는 절박함. 그리고 격통. 어떤 존재도 버틸 수 없는 지독한 공포.

일순간도 버티지 못할 인간의 자아이건만, 이 강서린이란 인간은 한 겹 더해 고위 영격체인 자신의 신격에 노출되고도 단단한 이성을 유지한다.

아니, 무심하기까지 하다.

두렵고도 놀라웠다.

그렇기에 더욱 달아올랐는지도 몰랐다.

이 인간의 끝에 뭐가 있을지……

위대한 섭리는 과연 무슨 길을 예비해 놓고 있을지…….

천공의 달이 찬연히 빛나는 밤.

강서린의 품에는 전혀 어울리지 않지만 한 몸이기에 구분할 수 없는 두 존재가 안겨 있었다.

『서린의 검』 5권에 계속…

이제부터 전자책은

이젠북

www.ezenbook.co.kr

❀ 새로운 세계가 열린다! ❀

한백림 『천잠비룡포』 　천중화 『그레이트 원』
좌백 『천마군림』 　송진용 『몽검마도』
현대백수 『간웅』 　김석진 『더블』
김정률 『아나크레온』 　백연 『생사결─영정호우』
임준후 『켈베로스』 　예가음 『신병이기』
진산 『화분, 용의 나라』 　남운 『개방학사』

이름만 들어도 황홀할 정도의 별들의 향연!

이들의 "유료연재"가 시작됩니다!

검색창에 **이젠북** 을 쳐보세요! ▼ 🔍

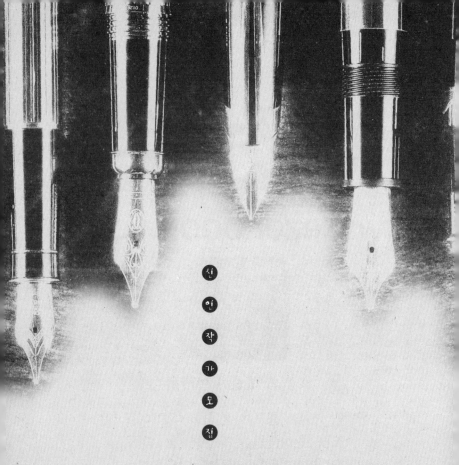

신

인

작

가

모

집

시작이 반이라고 했습니다.
작가의 길에 대한 보이지 않는 벽을 과감히 깨뜨리십시오!
청어람은 작가 지망생 여러분들의
멋진 방향타가 되어드리겠습니다.

저희 도서출판 청어람에서는
소설 신인 작가분들을 모집합니다.
판타지와 무협을 사랑하시는 분들의 많은 참여를 바랍니다.
소정의 원고(A4용지 150매)를 메일이나 우편으로 보내주시면
검토 후 출판 여부를 알려드리겠습니다.

주소:경기도 부천시 원미구 심곡2동 163-2 서경B/D 2F 우편번호 420-822
TEL:032-656-4452 · **FAX**:032-656-4453
http://**www.chungeoram.com**
e-mail:chungeoram@chungeoram.com

허담 新무협 판타지 소설

FANTASTIC ORIENTAL HEROES

水仙經

수선경

작은 샘이 바다로 모여들 듯,
만류의 법이 하나로 회귀하듯,
다섯 개의 동경이 드디어 하나로 모인다.

검을 만드는 사람과
검을 쓰는 사람,
그리고 검을 버리는 사람의 이야기!

천명을 타고 태어난 **청풍**과 **강검산**
그리고 혈로를 걸어온 살수 **타유**,
그들이 다섯 줄기의 피의 숙명과 마주한다.

Book Publishing CHUNGEORAM

유행이 아닌 자유추구 -
WWW.chungeoram.com

마 in 화산

FANTASTIC ORIENTAL HEROES

용훈 新무협 판타지 소설

무림공적, 천살마군 염세악!
검신 한호에게 잡혀 화산에 갇힌 지 백 년.

와신상담… 절치부심… 복수무한…

세월은 이 모든 것을 잊게 하고
세상마저 그를 잊게 만들었다.
하지만.

"허면 어르신 함자가 어찌 되시는지……."
우연한 만남, 자신도 모르게 튀어나온 원수의 이름.
"그게… 한, 한호일세."

허무함의 끝에서 예기치 않게 꼬인 행로.
화산파 안[in]의 절세마인, 염세악의 선택!

Book Publishing CHUNGEORAM

용행이 아닌 자유추구
WWW.chungeoram.com

백미가 新무협 판타지 소설

FANTASTIC ORIENTAL HEROES

천선지가

불의의 사고로 죽은 청년 이강
오를 기다린 것은 무림이었다!

어느 날
그에게 찾아온 운명,
천선지사.

각인 능력과 이 시대엔 알지 못한 지식으로
전생에서 이루지 못한 의원의 꿈을 이루다!

『천선지가』

하늘에 닿은 그의 행보가 시작된다!

Book Publishing CHUNGEORAM

유행이 아닌 자유추구 —
WWW.chungeoram.com

FUSION FANTASTIC STORY
월문선 장편 소설

화려한 귀환

머나먼 이계의 끝에서
다시 돌아온 남자의 귀환기!

「화려한 귀환」

장점이라고는 없던 열등생으로 태어나,
학교에서 당하는 괴롭힘을 버티지 못하고
자살이라는 극단적인 선택을 하게 된 남자, 현성.

"돌아왔다……, 원래의 세계로!"

이계에서 죽음을 맞이하게 된 현성은
자신을 죽음으로 내몰았던 현실 세계로 돌아오게 된다!

고된 아픔들, 그리웠던 기억들.
모든 것을 되살리며 이제 다시 태어나리라!

좌절을 딛고 일어나 다시 돌아온
한 남자의 화려한 이야기!
이보다 더 '화려한 귀환'은 없다!

Book Publishing CHUNGEORAM

유행이 아닌 자유추구 -
WWW. chungeoram.com